서문문고
140

맥 베 스

셰익스피어 지음
김 재 남 옮김

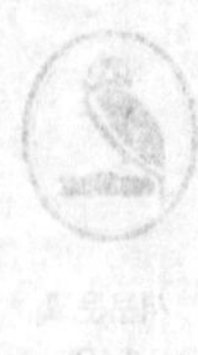

The Tragedy of Macbeth

by

William Shakespeare

차 례

해　설 ……………………………………… 5
제 1 막 ……………………………………… 11
제 2 막 ……………………………………… 39
제 3 막 ……………………………………… 61
제 4 막 ……………………………………… 89
제 5 막 …………………………………… 117
자 료 편 …………………………………… 143
　셰익스피어의 생애 ……………… 145
　셰익스피어 시대의 극장 ………… 179
　셰익스피어 연보 ………………… 195

해 설

김재남(金在枏)

〈맥베스(The Tragedy of Macbeth)〉의 집필 연대는 1606년으로 추정되고 있다. 그러니까 작가의 인간 통찰이 심오해지고 창작력이 절정에 달해 있을 무렵이다.

최초의 상연 연대는 알 수 없지만 여러 가지 점으로 미루어 보아 1606년경으로 추정되고 있다.

최초의 인쇄판은 1623년의 제 I 이 절판인데, 극장 대본의 사본에 의해 인쇄된 것이라고 생각되고 있다.

홀린세드의 스코틀랜드 사기(史記)에서, 맥베스가 덩컨 왕을 시역하여 왕위를 찬탈한 1040년에서 1057년까지 군림하다 전왕의 아들에게 주살당하는 부분과 도널드가 더프 왕을 시역할 때 내적인 동요·동기·반응 등에 관한 사실(史實)의 기록을 자료로 하여, 이것을 토대삼아 세익스피어는 맥베스의 세계를 필요불가결한 운동 원칙을 지닌 세계로 인식, 이 극을 각색한 것이라고 하겠다.

이 극의 주인공 맥베스는 상상력이 풍부하고 도의심

이 없는, 이를테면 도덕적 불구자, 야욕의 화신이 된 잔학한 악인으로 현세적인 보복이 두려워 늘 공포에 떠는 인물로, 얼핏 보기에 사납고 의심 많은 인물같이 생각되기 쉽다.

그는 마녀들의 유혹에 빠져 악으로 발을 내딛는 순간부터, 한 국가에 비할 수 있는 그의 '인간성'은 내란 상태의 국가처럼 혼란에 빠져 바른 정신을 잃어버리고, 환상에 사로잡혀 내적 갈등에 시달린다. 이들 부부가 공동 작전으로 시역을 감행할 때 찬탈한 왕관에는 평화와 만족이 아니라, 공포와 고민과 무의미가 따라왔고, 따라서 그는 계속 극악(極惡)을 행사한다. 정당한 왕위를 탈권한 이 쿠테타의 주인공이 정적들을 타도하고 국민 대중을 수탈·유린하여 국가를 아비규환의 수라장으로 휘모는 그 폭군상은 차마 눈뜨고 볼 수 없을 정도이다. 그는 어차피 붕괴 일로를 치달아 구원될 길이 없는 나락에 떨어지게 마련이지만, 그와 같이 영혼의 구원을 받지 못하고 절망 속에 죽고 마는 비극의 주인공보다 더 비참한 일은 없을 것이다.

그러나 이 악인이 쓰러짐과 동시에, 그가 파괴한 국가 사회의 질서는 회복되고 선과 이성은 다시 움이 트기 시작한다. 바로 그것으로 대질서의 심판이 내린 것이다.

극은 대부분 밤의 암흑 속에서 진행된다. 이 암흑 속에서는 핏빛·불빛 등이 번뜩이고, 거기에는 늘 악이 편재하고 있다. 이 암흑은 배경이라기보다 극의 공간적 분위기이다. 악이 패하고 선이 찾아올 무렵에서야 비로소 이 암흑은 거두어진다. 그뿐 아니라 극은 어리둥절한 의문과 풍문들이 주는 당혹 속에서 진행된다. 악의 화신이요, 주인공의 브레인 트러스트라고 할 마녀들의 예언도 불가해 하고 불가사의하다.

이와 같은 분위기 속에서 함축적인, 그리고 폭력적인 용어의 거대하고도 준엄한 어법과 빠른 진행으로 전체적 인상은 맹렬하고 집중적이다. 인물들이 사상, 감정을 표현하는 그 함축적인 심상들도 그러하다.

더구나 처음부터 끝까지 역천적(逆天的)인 심상들이 가득 차 있다. 주인공을, 어울리지 않은 옷을 입은 사람에 비한 옷의 심상, 시역의 대가로 영광이 얻어지기는 커녕 악몽에 시달리는 수면(睡眠)의 심상, 순리를 어기는 동물들, 천지의 이변과 징그러운 동물들, 가치 판단을 전도하는 마녀 등등, 자연의 이(理)의 역행을 표현하는 그러한 심상들은 맥베스 부처의 비인간적인 악의 행위를 더욱 효과적으로 나타나게 할 뿐 아니라, 이 양자가 상호 유기적으로 결합하여 결국 이 극 전체의 공간적이고 분위기적인 주제를 조성해 낸다.

덩컨 왕은 맥베스의 역심을 간파하지 못했다. 맥베스의 미소 뒤에는 단도가 숨어 있었다. 이와 같이 외관과 실재 사이의 파행은 셰익스피어 극에서 되풀이되는 주제이다.

악이 선을 상극하고 무질서가 질서를 파괴하는 그러한 충돌상은 인간 사회의 보편적인 현상이다. 그러한 진부한 현상 중의 한 단면을 셰익스피어는 깊이 통찰하여 마치 지옥도(地獄圖)를 우리 눈앞에 전개시키는 듯, 그것을 연극적으로 탁월하게 처리하였기 때문에 이 극의 예술성은 영원한 것이다.

맥베스

전 5 막

⊠ 장소와 등장인물

장 소

스코틀랜드와 잉글랜드

나오는 사람들

덩 컨 스코틀랜드 왕

맬 컴 왕자

도널베인 왕자

맥베스 장군, 뒤에 스코틀랜드 왕

뱅 코 장군

맥더프 스코틀랜드 귀족

레녹스 스코틀랜드 귀족

로 스 스코틀랜드 귀족

메티스 스코틀랜드 귀족

앵거스 스코틀랜드 귀족

케드네스 스코틀랜드 귀족

플리언스 뱅코의 아들

시워드 노덤벌랜드 백작, 잉글랜드 군의 장군

젊은 시워드 시워드의 아들

시 튼 맥베스의 휘하 장교

소 년 맥더프의 아들

부대장

문지기

노 인

전 의 잉글랜드 왕실 의사

시 의 스코틀랜드 왕실 의사

자 객 세 사람

맥베스 부인

맥더프 부인

맥베스 부인의 시녀

마녀 세 사람

헤카테 지옥의 마귀

환영

그 밖에 귀족, 신사, 장교, 병사, 시종, 사자

제 1 막

제 1 장

황야
천둥 · 번개. 마녀 셋 등장.

마녀 1   언제 우리 셋이 다시 만날까. 천둥 울릴 때, 번개
　　　　칠 때, 또는 비오실 때?

마녀 2   법석이 끝나고 싸움에 이기고 질 때.

마녀 3   그건 해가 지기 전이 될 거야.

마녀 1   장소는?

마녀 2   그 들판.

마녀 3   거기서 맥베스를 만나자꾸나.

마녀 1   곧 갈게, 회색 고양이야!

마녀 2   두꺼비가 부르는구먼.

마녀 3   곧 간다니까!

모 두   아름다운 건 더럽고, 더러운 건 아름답다. 날아다니
　　　　자, 안개와 탁한 공기 속을.

제 2 장

포레스에 가까운 진영(陣營).
경종 한쪽에서 덩컨 왕, 맬컴, 도널베인, 레녹스, 시종들 등장.
다른 쪽에서 부상을 당하여 피를 흘리는 부대장 등장.

덩 컨 저 피투성이가 된 사람은? 저 모양으로 보아, 저 사
람은 알고 있을 것 같구나, 반란군의 움직임을.

맬 컴 제가 포로가 될 뻔했을 때, 훌륭한 용사답게 싸워서
위기를 구해 준 것이 바로 저 부대장입니다. 여, 용사!
폐하께 아뢰시오, 보고 온 전황을.

부대장 실로 판단하기 어려울 지경이었습니다. 마치 헤엄
치는 두 사람이 기진맥진하여 서로 달라붙어 헤엄칠
자유를 잃고 말 듯이 잔인한 맥도널드도—인간의 온
갖 악행을 모조리 한 몸에 지닌 역적 같아—서쪽의
여러 섬에서 민병과 정규병(正規兵)들을 동원해 가지
고, 게다가 운명의 여신마저 흉책에 미소를 던지며 역
적의 정부(情婦)가 된 듯싶었습니다. 그러나 어림없는
일, 글쎄 용감한 맥베스 장군이 그 용명에 어긋나지
않게 운명을 무시하고 검을 휘둘러 피 연기를 뿜으면
서, 무신(武神)의 총아답게 적병들을 물리치고 쳐들어
가서 마침내 적장과 맞섰습니다. 그러고는 작별의 악

　　수도, 인사말도 할 여유조차 주지 않고, 배꼽에서 턱
　　으로 적장을 한칼로 잘라 그 수급(首級)을 성벽 위에
　　걸어 놓았답니다.

덩 컨　아, 용감한 사촌! 실로 훌륭한 인물!

부대장　하오나 해가 뜨는 동녘에서 배를 난파케 하는 폭
　　풍과 무서운 뇌성이 일어나듯, 기쁨이 솟을 듯 보이던
　　바로 그 샘 [泉] 에서 불안은 끓어오르고 말았습니다.
　　다름이 아니라, 폐하! 용기로 무장한 정의의 군이 궤
　　주하는 적병들을 추격하고 있을 때, 때마침 기회를 노
　　리고 있던 노르웨이 왕이 신예 무기와 새 병력을 투
　　입하여 급습해 왔습니다.

덩 컨　그래, 겁을 내지는 않던가, 맥베스와 뱅코 두 장군은?

부대장　예, 독수리가 참새한테, 사자가 토끼한테 겁내는
　　격이었습죠. 사실인즉 두 분은, 이중으로 탄약을 잰
　　대포인 양 적에게 두 배의 공격을 가했습니다. 실로
　　불을 뿜는 상처에서 목욕을 할 참이었는지, 제2의 ‘해
　　골의 언덕’을 남길 참이었는지 알 수 없을 지경이었습
　　니다. 아이구, 이젠 정신이 아찔해지고, 상처가 아파서
　　견딜 수가 없습니다.

덩 컨　네 보고는 상처에 못지않게 훌륭하고 장하다. 어서
　　의사를. (시종이 부대장을 부축하여 퇴장)

　　　로스와 앵거스 등장

맬 컴 로스의 영주입니다.

레녹스 당황한 저 기색! 무슨 심상치 않은 일을 말할 것만
같습니다.

로 스 국왕 만세!

덩 컨 으음…… 로스 영주, 어디서 오는 길이오?

로 스 파이프에서 오는 길입니다. 폐하. 그곳은 노르웨이
군의 깃발이 하늘을 위압하여, 백성들의 간담을 서늘
하게 하고 있습니다. 노르웨이 왕은 저 대역적 코더
영주의 원조를 얻어 직접 대군을 거느리고 맹격을 개
시해 왔습니다. 그러나 전쟁의 여신 벨로너의 부군이
라 할 저 맥베스 장군이 갑옷으로 단장을 하고, 용감
히 맞서서 칼에는 칼로, 완력에는 완력으로 그의 오만
불손을 봉쇄하여, 마침내 승리는 아군께 돌아오고 말
았습니다.

덩 컨 참 다행한 일이오.

로 스 그런데 지금 노르웨이 왕 스위노는 강화를 청하고
있으나, 아군측은 성(聖) 콜름 도(島)에서 노르웨이 왕
으로부터 만 달러의 배상금을 받기 전에는 전사자의
매장조차 허락하지 않기로 되어 있습니다.

덩 컨 이제는 코더 영주가 짐을 더 이상 배신하지 못하렷
다. 가서 곧 그에게 사형을 선고하오. 그리고 그의 칭
호를 가지고 맥베스를 영접해 주기 바라오.

로 스　황공합니다.

덩 컨　그놈이 잃은 것을 맥베스가 얻게 되었소. (모두 퇴장)

제 3 장

황폐한 광야.
천둥, 마녀 셋 등장.

마녀 1 애, 어딜 쏘다녔니?

마녀 2 돼지를 죽이러.

마녀 3 넌?

마녀 1 선원의 아내가 앞치마 자락에 밤톨을 싸가지고 아
드득아드득 먹고 있기에 '좀 다오' 했더니, '꺼져, 마녀
야!' 하고 그 뚱뚱한 년이 야단을 치잖아. 남편은 얼레
포에 가 있다는데, 타이거 호(號)의 선장이래. 하지만
난 쳇바퀴를 타고 건너가서, 꼬리 없는 쥐로 둔갑해서,
실컷 골려 줄 테야.

마녀 2 내가 바람을 하나 줄게.

마녀 1 고맙다.

마녀 3 나두 하나 줄게.

마녀 1 그 밖의 바람은 다 내 손아귀에 있어. 내 바람들
이, 아는 뱃사람들의 지도에 나와 있는 온갖 구석구석,
그곳들로는 내 마음대로 불어댈 수 있지. 그 남편놈을
건초같이 말려 놓고 말 테야. 그 녀석의 눈까풀 위에

밤이고 낮이고 잠이 깃들까 보냐. 저주받는 사람 모양
일곱 밤낮의 구구는 팔십일 배나 허덕이다가, 수척하
여 여위고 시들게 만들어 놓고 말 테야. 배를 파선시
킬 순 없지만, 폭풍에 시달리게 하고 말 테야. 이봐,
이것 좀 봐요.

마녀 2 어디 봐, 어디 봐.

마녀 1 뱃길잡이의 엄지손가락이야. 귀로에 파선을 당한.
(안에서 북소리)

마녀 3 북소리다, 북소리다. 맥베스다.

셋이 손을 맛잡고 춤을 추며 점점 빨리 맴돈다.

모 두 단숨에 해륙을 건너는 운명의 세 자매, 손을 맞잡고
돌자, 돌아, 빙빙. 너도 나도 세 번, 아홉 번 돌자, 쉬!
마술은 걸렸다. (모두 별안간 춤을 멈추고 안개 속에
몸을 감춘다.

맥베스와 뱅코 등장

맥베스 이렇게나 나쁘고도 좋은 날은 처음 봤는걸.

뱅 코 포레스까지는 얼마나 되오? (안개가 짙어진다) 아,
저건? 저렇게들 말라빠지고 옷차림은 괴상하고, 지구
의 생물 같지가 않은데. 그래도 저기 있잖은가? 그래,
너희들은 살아 있느냐? 인간과 말을 건넬 수 있느냐?

내 말을 알아듣는지. 튼 손가락으로 다들 시들어빠진
입술에 갖다대는구나. 여자같이 보이는데 수염이 나
있으니, 참 알 수가 없군.

맥베스 말을 해봐라. 뭣들이냐, 대관절 너희들은?

마녀 1 만세, 맥베스! 만세, 글래미스 영주!

마녀 2 만세, 맥베스! 만세, 코더 영주!

마녀 3 만세, 맥베스! 장차 왕이 되실 분.

뱅 코 왜 놀라시오? 두려워하시는구려, 듣기에도 솔깃한
일을? 그런데 대체 너희들은 허깨비냐, 아니면 지금
보이는 그대로냐? 나의 동료를 너희들은 현재의 칭호
와 미래의 영달과 왕위의 예언으로 환영하니, 저분은
저렇게 어리둥절하고 있잖으냐. 그래 내게는 아무 말
도 안해 줄 거냐. 너희들이 시간의 종자를 꿰뚫어보고,
자라날 종자를 예언할 수 있거들랑, 자…… 말해 봐라.
너희들의 호의를 청하거나 증오를 두려워할 나는 아
니다.

마녀 1 만세!

마녀 2 만세!

마녀 3 만세!

마녀 1 맥베스만큼은 못해도, 더 위대하신 분.

마녀 2 운이 그만은 못해도, 훨씬 더 행운이 있으신 분.

마녀 3 왕이 되지는 못해도 자손대대 왕을 낳으실 분. 그

러니 만세, 맥베스와 뱅코!

마녀 1 뱅코와 맥베스 만세! (안개가 더 짙어진다)

맥베스 거, 말이 모호하군. 똑똑히 말해 봐라. 선친 사이닐의 사망으로 내가 글래미스 영주가 된 것은 알고 있다만, 코더 영주라니 웬말이냐? 코더 영주는 현재 당당히 생존하고 있잖으냐. 더구나 왕이 되다니, 코더 영주가 된다는 말보다 더 믿지 못할 일. 대관절 어디서 그런 괴상한 소식을 얻어 왔느냐? 어째서 이 황야에서 길목을 가로막고 이상한 예언으로 인사를 하는 거냐. 자, 말해 봐라. (마녀들 안개 속으로 사라진다)

뱅 코 땅에도 물 위같이 거품이 다 있구려. 지금 그것들 말이오. 원, 어디로 사라져 버렸구먼?

맥베스 공중으로, 형체가 있는 듯 보이더니 그만 입김처럼 바람 속으로 사라지고 말았소. 좀더 잡아 두고 싶었는데!

뱅 코 그것들이 실제로 눈앞에 나타났었소? 혹은 우리가 광란초(狂蘭草)를 먹고 이성이 마비된 거나 아니오?

맥베스 장군의 자손이 왕이 된다잖소.

뱅 코 장군은 자신이 왕이 되신나잖소.

맥베스 그리고 코더 영주가 된다고. 그러지 않았소?

뱅 코 확실히 그렇게 말했소. 그런데 저게 누굴까?

로스와 앵거스 등장

로 스 맥베스 장군, 국왕께서는 장군의 승전을 가상히 여기고 계시오. 더욱이 반란군과의 분투를 전해 들으시고는 경탄과 찬양을 아끼지 않으셨소. 다음 전황을 훑어보시자, 장군이 완강한 노르웨이 군 진중에 쳐들어가 닥치는대로 시체의 산을 쌓으시면서도 조금도 두려워하는 기색이 없었다는 사실을 아셨소. 그리고 빗발같이 잇달아 들어오는 전령(傳令)들은 누구나 호국의 대공을 어전에 찬양해 왔소.

앵거스 우리 두 사람은 폐하의 치사를 전하고 어전으로 장군을 안내하러 왔을 뿐이오. 은상은 따로 분부가 계실 것이오.

로 스 앞으로 더 큰 영예를 내리실 약속조로 장군을 코더 영주라고 부르라는 분부요! 축하를 드립니다. 코더 영주님.

뱅 코 아니, 마귀의 말이 맞다니?

맥베스 코더 영주는 생존해 있잖소? 왜 내게 남의 옷을 빌려다 입히려고 하시오.

앵거스 코더 영주였던 그분이 아직도 살아는 있소만, 폐하의 엄벌로 생명을 잃게 되었소. 과연 노르웨이 군과 결탁을 했는지, 비밀 원조와 편의를 반군에 제공했는지, 또는 그 양쪽 수단을 다하여 국가의 전복을 꾀하였는지 알 수는 없으나, 하여튼 대역죄가 명백히 규명

　　　되어 몰락을 당했소.

맥베스　(방백) 글래미스와 코더 영주라. 이젠 제일 큰 것
이 남아 있구나! (로스와 앵거스에게) 아, 수고들 하셨
소. (뱅코에게) 장군은 자손이 왕이 되기를 원하지 않
소? 내게 코더 영주를 갖다 준 그것들이 장군께 그만
한 약속을 했는데!

뱅　코　그 말을 곧이들으시면, 코더 영주에다 왕관까지 욕
심이 나시리다. 아무튼 이상한 일이군. 그러나 흔히
암흑의 수하들은 사람을 해치고자 하찮은 진실로 유
혹을 하여 참으로 중대한 결과에선 우리를 배반하거
든. 두 분, 잠깐 이리 좀. (로스와 앵거스, 뱅코 쪽으로
다가선다)

맥베스　(방백) 두 가지는 맞았다. 왕위가 주제(主題)인 웅
장한 무대의 멋진 서막이랄까. (큰 소리로) 두 분 수고
하셨소. (방백) 이 이상한 유혹은 흉조도 길조도 아니
렷다? 사실 난 코더의 영주가 되지 않았는가! 허나 길
조라면 왜 내가 그런 유혹에 빠지는고? 그 무서운 환
상에 머리칼은 곤두서고, 안정된 염통은 늑골을 쿵쿵
치고, 평소 같은 내 심징이 아니잖은가? 마음속 공포
에 비하면, 눈앞의 불안쯤은 문제도 아니다. 아직은 공
상에 불과한데도 살인이란 생각이 내 약한 인간성을
어떻게나 뒤흔들던지, 심신의 기능이 망상 때문에 마

비되고 환상밖에는 아무것도 눈앞에 보이지 않는구나.

뱅 코 저것 좀 보시오. 내 동료가 망연자실하고 있구려.

맥베스 운으로 왕이 된다면, 뭐 가만 있어도 운이 내게 왕
관을 씌워 줄 것이 아닌가.

뱅 코 새 영예는 내렸으나, 금방 입은 옷처럼 몸에 잘 맞
지 않는가 보군. 한참 입고 익혀야지.

맥베스 (방백) 제길, 될 대로 되라지, 아무리 험한 날에도
시간은 지나가니까.

뱅 코 맥베스 장군, 이젠 가보실까요.

맥베스 아, 용서하시오. 멍하니 잊었던 일을 돌이켜 생각
하고 있던 참이었소. 아, 두 분의 수고는 마음속에 명
심해 두고 매일같이 펴보리다. 자, 국왕을 뵈러 갑시
다. (뱅코에게) 오늘 일은 잊지 마시오. 숙고해 두었다
가 후일 서로 흉금을 털어놓고 애기해 봅시다.

뱅 코 잘 알았소.

맥베스 오늘은 이만……. 자, 가봅시다. (모두 퇴장)

제 4 장

포레스, 궁전이 한 방.
나팔 소리, 덩컨 왕, 맬컴, 도널베인, 레녹스, 시종들 등장.

덩 컨 코더의 사형은 집행했는가? 집행리는 아직 돌아오
지 않았는가?

맬 컴 예, 아직 돌아오지 않았습니다. 그러나 사형을 목격
한 사람의 말을 전해 듣자면, 코더는 대역의 죄상을
솔직히 고백하고, 폐하의 대사(大赦)를 애원하며 깊이
참회의 뜻을 나타냈다 합니다. 더구나 그 최후의 태도
는 전생애를 통하여 가장 훌륭한 것이었다 합니다. 마
치 죽는 방법을 연구라도 해둔 양 소중한 생명을 초
개처럼 버리고 태연히 이 세상을 하직했다 합니다.

덩 컨 얼굴로 사람의 마음속을 알아볼 길은 없구나. 짐은
그자를 전적으로 믿었지 않았는가!

맥베스, 뱅코, 로스, 앵거스 등장.

덩 컨 오, 맥베스인가! 지금도 짐은 망은의 죄를 고민하고
있던 중이오. 장군이 원체 앞질러 나가서 아무리 날개
가 빠른 은상을 가지고도 따라갈 수가 없구려. 차라리
공적이 좀더 적었던들 짐으로서는 상당한 감사와 보

답을 할 수 있었을 것 아니오! 나로서는 장군의 공적이 어찌나 크던지 무엇을 가지고도 보답하기 어렵다고 할 수밖에 없구려.

맥베스　소신의 충근(忠勤)은 의무로서 이를 다하는 것이 곧 보수인가 합니다. 폐하께서는 신들의 의무를 가납(嘉納)하실 따름입니다. 신들은 국왕의 신하, 국가의 충복입니다. 오직 폐하의 은총과 명예를 명심하여, 마땅히 만사에 충성을 다할 따름입니다.

덩 컨　잘 왔소. 이번에 새 지위를 심어 놓았으니 충분히 성장하도록 짐도 진력하겠소. (뱅코에게) 아, 뱅코, 그대의 공도 그만 못하지 않소. 세상은 이를 마땅히 인정해야 하오. 자, 이 가슴에 꼭 안게 해주오.

뱅 코　폐하의 품안에서 소신이 성장하면, 수확은 폐하의 것입니다.

덩 컨　기쁨이 한없이 넘쳐 흘러 도리어 슬픔의 눈물 속에 숨고 싶어지는구려…… 그리고 왕자·친척·영주, 기타 고관대작들, 지금 선포하노니, 맏아들 맬컴을 세자로 책봉하여 앞으로 컴벌랜드 공이라 부르기로 하겠소. 물론 이 영광은 동궁 한 사람이 지닐 것이 아니라, 이를 기회로 영예의 표장이 모든 공신들 위에 성신같이 빛을 내게 하리라. (맥베스에게) 그럼 이제부터 장군의 거성인 버네스로 행차해 또 수고를 해줘야겠소.

맥베스 폐하의 봉공으로 해서 취해지는 휴식이 아니면 휴
식은 도리어 고통입니다. 소신은 선발자가 되어 폐하
의 행차를 알려, 처를 기쁘게 해주겠습니다. 그럼 이
만 물러가겠습니다.

덩 컨 훌륭하오, 코더 영주.

맥베스 (방백) 컴벌랜드 공이라! 이 한 계단, 내가 헛디뎌
서 엉덩방아를 찧느냐 아니면 뛰어넘느냐, 어쨌든 내
앞길을 가로막고 있다. 별들아, 빛을 감추라! 빛은 나
의 지옥같이 시커먼 야망을 보지 말고, 눈은 손이 하
는 짓을 보지 말라. 에잇, 단행해야지. 눈이 보면 질겁
할 결과를. (퇴장)

덩 컨 사실 그렇소, 뱅코. 참 용감한 위인이오. 그 사람을
칭찬하는 소리를 들으면 짐은 만족을 느끼오, 향연이
라도 받는 것같이. 자, 뒤를 따릅시다. 저렇게 염려하
여, 앞에 가서 환대할 준비를 하겠다는구려. 참, 내 친
척 중에 둘도 없이 훌륭한 사람이오. (나팔 소리. 모두
퇴장)

제 5 장

인버네스, 맥베스의 거성(居城) 앞.
맥베스 부인, 편지를 들고 등장.

맥베스 부인 (편지를 읽는다) '그것들을 만난 것은 개선하던 날이었소. 그후 완전히 신뢰할 만한 정보에 의해 알았지만, 그것들은 인간의 지식 이상의 불가사의를 지닌 자들이오. 좀더 자세히 묻고 싶은 마음이 불탔으나 그것들은 홀연히 공중으로 사라져 버렸소. 나는 놀라움에 잠겨 멍청히 서 있었는데, 그때 마침 국왕의 사자(使者)가 와서, 나를 '코더 영주'라 부르며 축하했소. 앞서는 그 운명의 마녀들이 이 칭호로 내게 인사를 하고, 미래에 관해서는 '만세, 머지않아 왕이 되실 분!' 하고 예언을 했던 것이오. 출세의 동반자며 가장 친애하는 당신께 이 일을 알리는 것이 좋겠다고 내가 생각한 까닭인즉, 미래에 약속된 영광을 당신이 전혀 모르고, 따라서 응당 누릴 기쁨을 잃어서는 안 된다고 생각했기 때문이오. 이 일을 명심해 두기 바라오. 이만'. 당신은 글래미스 영주와 코더 영주가 되었군요. 그러니 예언된 지위도 차지하게 될 것입니다. 하지만 당신의 성품이 염려가 되어요. 당신은 원래 인정의 젖이 많아서 지름길을 취하지는 못하는 위인. 당신도 출세하길 원하고, 야심이 없는 것도 아니지만, 출세에 필요불가결한 잔인성이 없어요. 높은 지위는 탐이 나도 신성하게 얻고 싶고, 나쁜 짓을 하기는 싫으나 어떻게 해서라도 이기고 싶어하는 위인이에요, 당신은. 글래미스 영주님, 당신이 소원하는 것, 그것이 이렇게 외치고 있습니다. '소원하거든 단행하라'고. 그런데 당신은 단행하기가 무서운 거예요. 단행하고 싶지 않다기보다는. 어서 돌아오세요. 저의 결심을 당신의 귀에 불어넣어 드릴게요. 그리고 이 혀의 힘으로 혼을 내줄게요. 당신으로부터 황금의 관을 방해하는 것은 모조리. 지금 운명과 마력이 협력하여 그 금관을 당신의 머리 위에 씌워 주려고 하잖아요.

하인 등장

맥베스 부인 무슨 소식이냐?

하 인 국왕께서 오늘 밤 이곳에 행차하십니다.

맥베스 부인 미친 소리! 영주님은 폐하와 동행이 아니시란 말이냐? 동행이시라면 준비를 하라고 미리 기별이라도 있었을 것 아니냐.

하 인 죄송합니다만 사실입니다. 영주님께서도 지금 돌아오시는 중이랍니다. 저의 동료 한 명이 영주님을 앞질

러 금방 도착했는데, 숨이 끊어질 듯하면서 간신히 사
명을 말했습니다.

맥베스 부인 잘 간호해 주어라. 굉장한 소식을 전해 왔구
나. (하인 퇴장) 까마귀까지도 목쉰 소리로 울어대는
구나. 덩컨 왕이 죽으러 이 성으로 들어온다고 말이다.
자, 악심(惡心)을 돕는 악령들아, 이 여자의 마음을 청
산해 다오. 그리고 이 머리 꼭대기에서 발끝까지 무서
운 잔악으로 가득 채워 다오! 전신의 피를 혼탁하게
하여 회한의 길을 틀어막고 연민의 정이 흉악한 계획
을 동요시키지 않게 해다오. 그리고 실행과 계획 사이
에 타협이 오지 않게 해다오. 자, 살인의 악마들아, 이
품안에 들어와서, 여자의 젖을 담즙(膽汁)과 바꿔 다
오. 너희들은 도처에서 보이지 않는 형체로 인간의 재
앙을 돕는다잖는가! 짙은 밤아, 어서 와서 너 자신을
지옥의 시커먼 연기로 덮어 다오. 나의 예리한 칼이
낸 상처를 칼 자신이 보아서는 안 되니까. 그리고 하
늘이 암흑의 장막 사이로 들여다보면서 '안 돼, 안 돼!'
하고 소리치면 안 되니까.

　　　맥베스 등장

맥베스 부인 글래미스 영주님! 코더 영주님! 장래에는 이
보다 더 훌륭하게 되실 어른! 당신의 편지로 저는 이

미지의 현재를 넘어 몸과 마음이 황홀경에 들어가 미래를 느낍니다.

맥베스 여보, 덩컨 왕이 오늘 밤 이곳으로 행차하시오.

맥베스 부인 그리고 언제 이곳을 떠나십니까?

맥베스 내일이오, 예정은.

맥베스 부인 오, 태양은 영원히 그 내일을 보지 못할 것입니다! 영주 나리, 당신 얼굴은 수상한 내용이 적힌 책과 같아요. 세상을 속이려면 세상과 같은 얼굴을 하고, 눈·손·혀에 환영의 표정을 하세요. 겉으론 무심한 꽃같이 보이고, 실은 그 밑에 숨은 독사가 되세요. 찾아오는 손님을 맞을 준비를 해야죠. 오늘 밤 큰일은 제게 맡기세요. 성공하면 앞으로 일생 밤과 낮, 왕권과 지배력은 우리의 것입니다.

맥베스 그 얘긴 나중에 의논합시다.

맥베스 부인 그저 명랑한 얼굴을 하세요. 수상한 표정은 무엇인가를 두려워하는 증거입니다. 모든 일은 제게 맡기세요. (퇴장)

제 6 장

<blockquote>
같은 장소.
오보에(높은 음을 내는 목관악기) 소리와 함께 덩컨 왕, 맬컴, 도널베인, 뱅코, 레녹스, 맥더프, 로스, 앵거스, 시종 등장.
</blockquote>

덩 컨 이 성은 좋은 곳에 자리를 잡고 있군. 공기는 맑고 상쾌하며 기분이 참 좋구려.

뱅 코 사원에다 집을 짓는 저 여름의 손님, 제비가 저렇게 집을 지어 놓은 걸 보니, 이 부근은 하늘의 미풍이 향기로운 모양입니다. 추녀 끝, 서까래 옆, 벽받침, 그 밖의 편리한 구석구석 어디에나 제비는 집을 지어 새끼를 치게 마련입니다. 저것들이 모여들어 새끼를 치는 곳치고, 공기가 상쾌하지 않은 곳이 없습니다.

<blockquote>
맥베스 부인 등장
</blockquote>

덩 컨 저, 저! 이 댁 부인이구려! 호의도 짓궂으면 귀찮은 수도 있으나 역시 호의니까 기쁘게 마련이오. 그러니 부인께 수고를 끼친 짐을 위하여 신의 축복을 빌고, 귀찮게 한 짐을 감사하시오.

맥베스 부인 왕실에 대한 저희 봉사, 그 하나하나를 배로 하옵고 그것을 또 배로 하옵더라도, 임금께서 저희 집

에 내리신 넓고 깊은 영예에 비하면 오직 빈약하고
하찮을 뿐입니다. 종전의 작위에다 이번에 또 작위를
하사하시었으니, 저희가 이 은혜를 언제나 갚게 될는
지 모르겠습니다.

덩 컨 코더 영주는 어디 있소? 즉시 뒤를 쫓아와 선착하
여 그를 맞이할 생각이었으나, 원체 승마에 능하고 충
성심이 박차같이 날카로워 결국 영주가 선착하고 말
았구려. 아름답고 기품 있는 부인, 오늘 밤은 댁의 손
님이 되겠소.

맥베스 부인 폐하의 종복인 저희는 가신(家臣), 자신(自
身) 재산 할 것 없이 분부가 계시면 언제라도 청산하
여 도로 바칠 생각입니다.

덩 컨 자, 손을 이리. 주인께 과인을 안내하오. 짐은 그 사
람을 극진히 사랑하오. 앞으로 계속 호의를 보내겠소.
그럼 실례, 부인. (왕, 맥베스 부인의 손을 잡고 성으
로 들어간다)

제 7 장

맥베스 거성의 안뜰.
노천(露天). 안쪽 좌우에 입구, 왼쪽 입구는 성문으로 통하고 오른쪽 입구는 성 안의 방으로 통한다. 이 좌우의 입구 사이와 사이, 정면 안쪽에는 커튼이 쳐진 제3의 입구가 있고, 반쯤 열린 커튼 사이로 이 방의 내부가 보이는데, 거기에는 이층으로 통하는 계단이 있고, 계단 전면 벽 앞에는 의자와 탁자가 놓여 있다. 오보에 소리와 횃불. 집사가 식기 등을 든 하인들을 지휘하여 무대를 가로질러 간다. 이들이 오른쪽 입구를 출입할 때마다, 안에서 축연 소리가 떠들썩하게 새어나온다. 이윽고 입구에서 맥베스가 등장한다.

맥베스　단행해서 일이 끝이 난다면 당장 단행함이 좋을게 아닌가. 암살이 사후 사태를 일망타진하고, 왕의 절명으로 일이 결말난다면, 그리고 또 이 일격으로 모든 일이 해결만 된다면……. 현세, 그렇다, 시간의 이쪽 둑과 여울인 현세만으로 끝난다면 내세쯤은 무시해 버릴 수도 있잖겠는가. 하지만 이런 일은 반드시 현세에서 심판을 받게 마련이거든. 글쎄, 잔인한 짓을 본보여 주면 배워 가지고, 반대로 가르친 자에게 되갚아 주거든. 이 공정한 정의의 손은 독배(毒杯)를 마련한 장본인의 입에 퍼부어 넣거든. 왕은 이곳을 이중으로 믿고 있잖은가. 첫째, 나는 친척이요 신하니까 어

느 모로 봐서나 도저히 시역(弑逆)은 안 될 말. 또 나
는 주인으로서 문을 닫고 시역자를 막아야 옳지, 나
자신 칼을 들다니. 더구나 왕은 대권 행사가 극히 온
화하고 대임 수행에 전혀 오점이 없으니, 지금 시여을
하면 평소의 덕망은 천사가 부는 나팔같이 대죄를 규
탄할 게 아닌가. 그리하여 연민의 정은 광풍을 걸터
탄 벌거숭이 갓난애나, 보이지 않는 천마(天馬)에 걸
터앉은 천사같이 가공할 흉행을 모든 사람들 눈 속에
불어넣어, 폭풍도 자게 할 눈물의 억수를 쏟게 할 것
이 아닌가. 어디 계획의 옆구리에 자극을 가할 박차가
있어야지. 있는 것이라곤 날뛰는 야심뿐, 도를 지나치
면 저편에 나가떨어지고 말지 않을까.

　　　맥베스 부인 등장

맥베스 부인 식사가 곧 끝납니다. 왜 자리를 뜨셨어요?

맥베스 왕이 나를 부르셨소?

맥베스 부인 부르셨어요, 모르세요?

맥베스 이 일은 더 추진하지 맙시다. 왕은 이번에 내게 큰
영예를 내렸소. 게다가 나는 온갖 사람들로부터 황금
같은 인기를 얻었소. 새 광채가 날 때, 지금 몸에 지녀
보고 싶구려. 일부러 팽개쳐 버릴 필요는 없잖소?

맥베스 부인 그럼, 지금까지 지니고 있던 희망은 술에 취

하여 잠을 자고 있었나요? 그리고 이제야 잠에서 깨
어나 파랗게 질린 얼굴로 보시나요? 앞서는 대담한
눈으로 보셨으면서. 저도 이제부턴 당신 애정이 그런
줄로 알 테예요. 마음속으론 소원하고 있으면서도 용
감하게 행동으로 나타내기에 겁이 나시죠? 인생의 꽃
이라고 당신 자신도 생각하는 그것을 갖고는 싶으면
서도, 당신 자신 병신같이 생각되는 일생을 살겠단 말
이세요? 속담의 저 고양이처럼 '탐은 난다만' 그러나
'안되지' 하고 말겠다는 말이죠.

맥베스 여보, 좀 조용히. 인간다운 것이라면 뭐든 하겠소.
그러나 그 이상의 짓을 하는 놈은 인간이 아니오.

맥베스 부인 그렇다면 당신으로 하여금 이 계획을 제게
알리게 한 건 무슨 짐승이었어요? 당신이 결의했을
땐 훌륭한 대장부였어요. 그러니 그때 이상의 존재가
되시면 더 한층 대장부답게 되십니다. 그때는 시간과
장소의 이(利)가 없었는데도 당신은 억지 일을 하려고
결심하셨어요. 이제는 이 양자가 다 구비되고 기회가
익었는데 당신은 그만 풀이 죽어 버리시는군요. 저는
젖을 먹여 보아서 자기 젖을 빠는 아기가 얼마나 귀
여운가를 알고 있습니다. 하지만 갓난것이 엄마 얼굴
을 보고 방글방글 웃고 있을지라도, 이가 없는 잇몸에
서 젖꼭지를 잡아 빼어 그 머리통을 박살낼 수 있어

요. 당신처럼 저도 그렇게 맹세만 했다면.

맥베스　실패하면?

맥베스 부인　실패? 용기를 짜내야 해요. 그러면 실패는 없을 테니. 왕이 잠이 들면, 낮의 고된 여행 때문에 곤히 잠이 들 테니까, 두 침실지기를 제가 포도주로 녹여 놓겠어요. 그러면 뇌수를 지키는 기억력은 증기같이 몽롱해지고, 이성(理性)의 그릇은 증류기같이 되고 말게 아녜요. 이렇게 두 사람이 죽은 것같이 취해 쓰러져서 돼지처럼 곤드라지면, 당신과 저 둘이서 무슨 짓인들 못하겠어요? 상대는 무방비한 덩컨 왕 혼자뿐인데? 그리고 시역의 대죄는 만취한 그 양인에게 덮어씌울 수 있잖아요?

맥베스　사내애만 낳으시오! 그 대담한 기질로는 사내애밖에 만들지 않겠구려. 그건 그렇고, 자고 있는 그 두 침실지기에게 피칠을 해주고, 칼도 둘의 단도를 사용하면 결국은 둘의 소행으로 생각될 것 같구먼.

맥베스 부인　누군들 그렇게 생각하지 않겠어요. 더구나 우리 내외는 왕의 죽음을 대성통곡할 것이니까요.

맥베스　결심했소. 만신에 힘을 분기시켜 이 무서운 일을 단행하겠소. 자, 들어가서 좋은 얼굴로 가장합시다. 마음속의 허위는 가면으로 숨길 수밖에. (축하연의 자리로 다시 들어간다)

제 2 막

제 1 장

　　　같은 장소.
　　　한두 시간 뒤. 정면 입구에서 뱅코 등장. 그의 아들 플리언스는
　　　횃불을 들고 부친을 안내한다. 두 사람은 입구를 닫지 않은 채,
　　　무대 정면으로 나온다.

뱅 코　밤이 얼마나 깊었느냐?

플리언스　(하늘을 쳐다보며) 달은 졌는데, 시계 치는 소리
　　　는 못 들었습니다.

뱅 코　달은 자정에 진다.

플리언스　자정은 훨씬 지난 것 같습니다.

뱅 코　애, 이 검을 좀 받아라. 하늘도 참 인색하구나. 별의
　　　촛불을 죄다 꺼버리시다니……. (단도 혁대를 풀어서
　　　아들한테 맡긴다) 이것도 좀. 졸음의 호출장이 무거운
　　　납같이 엄습해 오는군. 허나 자고 싶지는 않다. 인자
　　　한 천사들아, 부디 망상을 억제해 다오. 잠이 들면 살
　　　그머니 찾아오는 망상을! (인기척에 깜짝 놀라며) 애,
　　　칼을 이리.

　　　오른쪽 입구에서 맥베스와 횃불을 든 하인 등장.

뱅 코　누구냐?

맥베스 친구요.

뱅 코 아니, 아직 안 주무셨소? 폐하는 침실에 드셨습니
다. 폐하는 자못 만족하시고, 댁의 하인들에게도 많은
선물을 하사하셨소. 그리고 이 금강석은 극진한 환대
를 한 안주인 역인 댁의 부인께 내리신 선물이오. 아
무튼 무한히 만족스런 하루를 보내신 것 같소.

맥베스 불시의 일이라 모든 일이 여의치 않고 부족한 것
뿐이오. 여유만 있었던들 충분히 환대를 할 수 있었을
것을.

뱅 코 원, 모든 일이 잘되셨소. 나는 간밤에 저 운명의 세
마녀를 꿈에 봤지요. 그것들이 한 말이 장군께는 일부
실현되었소.

맥베스 아, 나는 깜박 잊고 있었구려. 하지만 한 시간쯤
여유가 생기면 그 일에 관해서, 같이 좀 상의하고 싶
은데 형편은 어떠신지?

뱅 코 언제라도 좋습니다.

맥베스 시기가 왔을 때, 나를 지지해 주시면 당신께도 보
답이 돌아가리다.

뱅 코 섣불리 영예를 더하려다 도리어 잃고 마는 것만 아
니라면, 그리고 또 언제까지나 마음의 결백을 유지하
며 충성에 결함만 생기지 않는 일이라면 어느 때라도
응하리다.

맥베스 그럼 편히 쉬시오!

뱅 코 아, 감사하오. 장군도 편히! (뱅코와 플리언스, 자기
　　　네 방으로 퇴장)

맥베스 여봐라, 가서 마나님께 여쭈어라, 잠술이 마련되거
　　　든 종을 쳐주시란다고. 그리고 가서 자거라. (하인 퇴
　　　장. 맥베스, 탁자 옆에 앉는다. 그러자 돌연히 단검의
　　　환상이 보인다) 아, 저건 단검이냐. 칼자루를 내 손 쪽
　　　으로 향하고 이 눈앞에 나타난 것은? 자, 잡아 보자.
　　　잡히지 않는구나. 그래도 눈에는 보이는구나. 불쌍한
　　　환상 같으니. 이놈, 실체가 없느냐. 눈에는 보이면서
　　　손에는 잡히지 않아? 아니, 마음의 단검, 공상의 산물
　　　이냐. 열에 뜬 머리에서 날조된? 지금도 눈에 보이는
　　　군. 지금 이 손에 빼 쥔 실물의 단검같이 똑똑히. 그래
　　　네가 길을 안내하겠단 말이지. 나는 너 같은 연장을
　　　쓸 작정이다! (일어선다) 한밤중에 이 눈만 바라보란
　　　말이냐. 아니면 눈만이 멀쩡한 거냐. 아직도 보이는군.
　　　이젠 날과 자루에 피가 엉겨 있네. 아까는 안 그랬는
　　　데. 아, 사라졌다. 잔인한 짓을 계획하니, 그런 것이 눈
　　　앞에 어른거리는 거지……. 지금 세계의 반에서 만물
　　　은 죽은 듯하고, 장막이 내린 잠은 악몽에 시달리고
　　　있다. 그리고 마녀들은 파리한 헤카테 여신에게 제사
　　　를 드리고 있고, 말라빠진 자객은 파수 역(役) 늑대의

울부짖음에 잠을 깨어, 이렇게 살금살금 로마의 정숙
한 여자를 능욕하러 간 타아퀴의 걸음으로 목적물을
향하여 간다. 유령처럼. 요지부동한 대지야, 이 발이
어디를 향하든 행여 발소리를 듣지 말아 다오. 돌들이
내가 있는 곳을 소문내어 이 안성맞춤의 처참한 정적
을 파괴해서는 안 되니까. 이렇게 입으로 위협해 보았
자 왕은 죽지 않는다, 말은 실행의 열의에다 차디찬
바람을 불어 줄 뿐이 아닌가. (신호의 종소리) 자, 가
야지, 가면 끝난다. 종이 부르잖는가. 듣지 마라. 덩컨,
저 종소리를. 저건 조종(弔鐘)이니까, 널 천국 아니면
지옥으로 들어가게 하는. (열려 있는 후면 입구로, 발
소리를 죽여 살금살금 들어가서 한발 한발 계단을 올
라간다)

제 2 장

같은 장소.
맥베스 부인, 술잔을 들고 오른쪽 입구에서 등장.

맥베스 부인 두 침실지기를 취하게 한 이 술로 나는 대담
해졌다. 술로 그자들은 불이 꺼지고 나는 불이 붙었다.
(멈칫한다) 아! 쉿! 올빼미가 우는 소리였구먼. 사형
집행을 알리는 야경같이 처참하게 ‘안녕히’를 고하는
구나. 지금 단행하는 중이신가 보다. 문은 열려 있다.
만취한 종놈들은 직책도 잊은 채 코만 드르릉거리는
구먼. 저녁 술에 약을 탔더니 생사가 그놈들과 싸우고
있구나. 살릴까, 죽일까 하고.

맥베스 (안에서) 누구냐?

맥베스 부인 아, 침실지기들이 잠을 깬 것이나 아닐까, 아
직 일을 단행하기도 전에. 하려다가 실패하면 우리는
파멸. 쉿! 단검은 두 자루 다 내났으니, 설마 그이가
못 찾지는 않으렸다. 자고 있는 왕의 얼굴이 내 아버
지와 닮지만 않았더라도 내가 해치웠을 것이 아닌가.

부인이 계단으로 올라가려는 듯이 돌아서자, 맥베스가 이층 입구
에서 나타난다. 그의 양팔은 피투성이가 되고 왼손에는 두 자루
의 단검이 쥐어져 있다. 그는 휘청거리며 내려온다.

맥베스 부인 여보!

맥베스 (중얼대는 소리로) 해버렸소……. 무슨 소리 못 들었소.

맥베스 부인 올빼미 우는 소리가 들렸어요. 그리고 귀뚜라미 소리도. 그런데 뭐라구 말하신 거예요?

맥베스 언제.

맥베스 부인 지금 방금.

맥베스 계단을 내려올 적에?

맥베스 부인 예.

맥베스 쉿! (두 사람이 귀를 기울인다) 옆방에서 자고 있는 사람은?

맥베스 부인 도널베인이에요.

맥베스 이 무슨 비참한 꼴인가? (오른손을 펴보며)

맥베스 부인 어리석은 생각. 비참한 꼴이라니요?

맥베스 잠결에 한 놈은 웃고 한 놈은 '살인이야!' 하고, 두 놈이 다 잠을 깨었소. 나는 가만히 서서 엿듣고 있었지. 그러나 놈들은 뭐라고 기도를 중얼거리곤, 다시 잠이 들어 버렸소.

맥베스 부인 두 사람이 같이 자고 있었어요?

맥베스 한 놈은 '하느님 축복을!' 하고, 또 한 놈은 '아멘!' 했소. 사형 집행인같이 피묻은 손을 한 나를 보고나 있었다는 듯이. 그것들이 공포 속에 '하느님 축복을!' 하는 것을 듣고도 나는 '아멘!' 소리조차 나오지 않았소.

맥베스 부인 너무 심각하게 생각하진 마세요.

맥베스 하지만 왜 '아멘!' 소리가 나오지 않았는지? 나야
말로 축복이 가장 절실한 사람인데, '아멘!' 소리가 목
에 걸려 나오질 않았소.

맥베스 부인 이런 일을 그렇게 생각하진 마세요. 그렇게
생각하심 미쳐 버려요.

맥베스 누가 이렇게 외치는 소리가 들리는 것 같구려. '이
젠 잠을 자지 못한다! 맥베스는 잠을 죽였다.'고…….
아, 천진난만한 잠, 고민이 엉킨 실타래를 풀어 주는
잠, 나날의 생명의 죽음인 잠, 노고를 씻어 주는 잠,
상처난 마음에겐 향고(香膏)인 잠, 대자연의 제2의 요
리인 잠, 생명의 향연에서 제일 중요한 영양분인 잠을.

맥베스 부인 아니, 그게 어쨌다는 말이에요?

맥베스 온 집안을 향하여 자꾸만 '영영 잠을 못 잔다!'고
외치는구려. '글래미스는 잠을 죽였다, 그러니까 코더
는 영영 못 잔다. 맥베스는 죽을 때까지 잠을 못 잔
다!'고.

맥베스 부인 외치다니, 대체 누가? 여보, 영주 나으리, 대
장부다운 기력이 풀려 버리잖아요? 그렇게 미칠 듯이
생각하시면. 자, 어서 물을 떠다가 그 더러운 손자국
을 씻어 버리세요. 원, 그 단검은 왜 가져왔어요? 거기

그냥 놔두지 않구. 어서 도로 가지고 가서 자고 있는 종놈들에게 피칠을 해놓으세요.

맥베스　이젠 못 가겠소. 내가 한 일이 무서워졌어. 다시는 볼 수가 없어.

맥베스 부인　흥, 그렇게 대가 약하세요? 단검을 이리 줘요. 자는 사람, 죽은 사람은 그림과 한가지 아녜요. 애들이나 마귀 그림을 무서워하는 법이에요. 아직 피를 흘리고 있으면 종놈들 낯에다 발라 줘야지, 죄를 뒤집어 씌울 수 있게. (부인이 계단을 올라간다. 이때 노크하는 소리가 들린다)

맥베스　저 노크 소리는 어디서? 웬일일까. 소리만 조금 나도 깜짝깜짝 놀라니? 이 무슨 꼴의 손이냐? 허! 눈알이 뽑혀 나올 지경이구나! 넵튠(바다의 신)의 대양의 물을 다 갖고도 내 손의 이 피가 씻어질 수 있을까? 천만에, 오히려 이 손은 망망대해를 분홍으로 물들이고, 푸른 바다를 핏빛 일색으로 만들고 말 것이다.

　　　　맥베스 부인, 정문을 닫으면서 돌아온다.

맥베스 부인　제 손도 같은 빛이 됐어요. 하지만 당신같이 창백한 심장은 되지 않아요. 그건 창피한 일이죠. (노크 소리) 노크 소리가 나잖아요. 남문에서. 자, 우린 침실로 물러갑시다. 물만 조금 있으면 죄다 말끔히 씻어집니다. 문제 없어요! 저 태연한 담력은 어디다 버리셨나요. (노크 소리) 아, 또 노크 소리가. 잠옷으로 갈아입으세요. 만일 불려 나갈 경우, 아직 안 자고 있다고 의심받으면 안 되니까. 그렇게 맥없이 멍청히 서 계시지만 마시구.

맥베스 저지른 죄를 인식하느니보다는, 자신을 멍청히 잊고 있는 게 상수지. (노크 소리) 그 노크로 덩컨을 깨워라! 제발 깨워 다오!

제 3 장

같은 장소.
노크 소리가 점점 높아진다. 술취한 문지기가 안뜰에서 나타난다.

문지기   원, 무던히도 노크를 하네! 이게 지옥의 문지기라
면 열쇠깨나 돌려야겠구면. (노크 소리) 쿵 쿵쿵! 악마
장(惡魔長)을 대신하여 묻겠는데, 거 누구냐? 곡식을
매점해 놨다가 풍년이 들 것 같아 목매달아 죽은 농
부인가 보다. 때마침 잘 왔다. 수건이나 톡톡히 준비
하라구. 진땀깨나 흘릴 터이니. (노크 소리) 쿵 쿵! 대
관절 거 누구냐? 또 한 놈의 악마 이름으로 묻는다만,
옳지, 양쪽에 다 통하는 서약을 얼버무리는 사기꾼이
왔나 보다. 하느님의 이름으로 반역을 해먹는 사기꾼
같으니. 하지만 천국에선 그 사기도 통하지 않으렷다.
자, 들어오시지, 사기꾼 양반. (노크 소리) 쿵 쿵 쿵!
대체 누구냐? 음! 영국의 재단사가 왔나 보다, 프랑스
식 홀태바지에서조차 옷감을 잘라먹는. 들어오슈, 재
단사 나으리. 여기선 지옥의 불로 다리미쯤은 달굴 수
도 있죠. (노크 소리) 쿵 쿵 쿵! 그칠 줄 모르는구면!
대관절 누구냐 말이야? 한데 여긴 지옥치고는 너무
춥구나. 지옥 문지기 노릇은 그만 하직해야겠어. 향락

의 오솔길을 걸어 영겁의 업화(業火)를 향해 가는 놈
이라면 직업을 막론하고 몇 놈쯤은 통과시켜 주려고
했지만. (노크 소리) 예, 예, 곧 갑니다! 제발 이 문지
기를 잊지 말아 줍쇼. (대문을 연다)

　　　맥더프와 레녹스 등장.

맥더프　간밤에는 늦게 잤나? 이렇게 늦잠을 자는 걸 보니.

문지기　예, 두번째 홰가 칠 때까지 마셨습죠. 그런데 대감
　　　님, 술은 세 가지 큰 자극을 줍니다그려.

맥더프　술이 세 가지 자극을 주다니, 그게 무슨 말인가?

문지기　예, 코가 빨개지고, 졸음이 오고, 그리고 오줌이 마
　　　렵고 말입네다. 술에 성욕은 자극되었다가 감퇴됩니다
　　　그려. 글쎄, 욕정은 일어나나 힘이 있어야죠. 그러니까
　　　과음은 색에도 사기꾼이랄까요. 글쎄, 욕정을 주었다
　　　가 죽여 놓고, 자극시켰다가 물러서게 하고, 용기를
　　　주었다가 실망케 하고, 벌떡 일어서게 했다간 쓰러뜨
　　　리고, 결국은 속임수로 꿈나라로 보내서 사람을 떨어
　　　뜨립니다그려.

맥더프　간밤에 자넨 술에 넘어간 모양이군그려.

문지기　예, 바로 목구멍에 넘어갔습죠. 하지만 저도 넘어
　　　간 대신 보복은 해줬습죠. 글쎄 힘은 제가 더 세니까
　　　요. 결국 놈을 말끔히 토해서 넘어뜨려 버렸습죠. 이

따금 다리를 붙들어 넘어질 뻔하긴 했습니다만.

맥더프 주인 나으리는 일어나셨나?

　　　이때 맥베스가 잠옷을 걸치고 등장.

맥더프 노크 소리에 잠을 깨셨나 보군. 여기 나오시는구먼.

레녹스 밤새 안녕하십니까?

맥베스 아, 안녕히 주무셨소, 두 분.

맥더프 폐하께서는 일어나셨습니까?

맥베스 아직.

맥더프 나더러 일찍 깨워 달라는 분부셨는데, 하마터면 늦을 뻔했소.

맥베스 자, 안내해 드리리다. (두 사람 정면 입구를 향하여 걸어간다)

맥더프 대감께서는 기쁜 수고이신 줄 압니다만, 그래도 수고임에 틀림없으십니다.

맥베스 즐겨서 하는 수고는 고통을 덜어 줍니다. (계단으로 통하는 입구를 손가락으로 가리킨다)

맥더프 무엄하지만 들어가 봐야겠소. 분부받은 직책이니까. (들어간다)

레녹스 폐하께서는 오늘 출발하십니까?

맥더프 예, 그러신다는 분부셨소.

레녹스 간밤은 어수선한 밤이었소. 우리 숙소에서는 굴뚝

이 바람에 쓰러졌습니다. 그리고 소문에 의하면, 곡성
이 공중에서 들려오고, 죽음의 이상한 신음 소리가 났
다나요. 그리고 불행하게도, 가공할 혼란과 변고가 세
상에 일어날 징조를 예인하는 소리가 들렸디니요. 저
불길한 올빼미가 밤새도록 울었답니다. 그리고 또 대
지가 열병에 떠서 진동을 했다고도 합니다.

맥베스 험한 밤이었습니다그려.

레녹스 제 젊은 기억으론 처음 당하는 괴이한 밤이었습니다.

　　　　맥더프 다시 등장.

맥더프 아이구, 무서운, 무서운, 무서운 일이! 입으로 표현
　　　도, 마음으로 상상도 할 수 없는 무서운 일이…….

맥베스, 레녹스 대체 무슨 일이오?

맥더프 파괴의 손이 마침내 다시 없는 보물을! 극악무도
　　　한 시역 신의 전당(殿堂)을 두드려 부수고 거기서 그
　　　생명을 훔쳐가 버렸소.

맥베스 뭐? 생명?

레녹스 폐하의?

맥더프 침소에 가보시오. 새로 나타난 괴녀(怪女) 고르곤
　　　에 눈이 멀어 버릴 테니. 나한테는 묻지 마시오. 가서
　　　보고 직접 말하시오. (맥베스와 레녹스, 계단을 올라간
　　　다) 일어나시오! 일어나시오! 경종을. 시역이다! 뱅코!

도널베인! 맬컴! 일어나시오! 죽음의 가면인 포근한
잠을 떨어 버리고, 죽음 그 자체를 보시오! 일어나시
오! 일어나서 최후의 심판의 현장을 보시오! 맬컴! 뱅
코! 무덤에서 일어난 유령처럼 걸어오시오. 이 무서운
광경에 어울리려 하거든! (비상 종 소리)

맥베스 부인, 잠옷 차림으로 등장.

맥베스 부인   웬일이세요? 그렇게 무섭게 경보를 울려대서
고이 잠든 집안 사람들을 불러내시니? 말씀을 하세요,
말씀을!

맥더프   오, 부인, 부인께서 들으심 안 됩니다. 내가 말을
할 수 있다 해도. 부인네 귀에 들려 주면 즉시 살인을
하는 결과가 됩니다.

뱅코, 실내복을 걸치고 허둥지둥 등장.

맥더프   오, 뱅코! 뱅코! 폐하께서 시역을 당하셨소!

맥베스 부인   어머, 큰일났네! 아니, 저희 집에서요?

뱅 코   어디서고간에 너무 잔인한 일이오. 여보, 맥더프, 제
발 지금 하신 말을 취소하고, 아니라고 말씀해 주시오.

맥베스와 레녹스 등장.

맥베스   차라리 내가 한 시간 전에 죽었던들 행복한 일생

이었을 것을. 이제 인생의 중요한 것이 모두 없어져
버렸구나. 온갖 것은 다 장난감. 명예와 자비도 죽어
버렸다. 생명의 술은 다 쏟아져 버리고, 자랑할래야
단지 술찌끼밖에 남아 있지 않구나, 이 저장실에는.

두 왕자 맬컴과 도널베인, 바른쪽 입구로 해서 허둥지둥 등장.

도널베인 무슨 변이?

맥베스 아직 모르시고 계시지만, 전하의 신상에 큰일이
  났습니다. 전하의 피의 원천, 머리, 샘이 막혀 버렸습
  니다…….

맥더프 부왕께서 시역을 당하셨습니다.

맬 컴 아니, 누구한테?

레녹스 침실지기들의 소행 같습니다. 두 놈 다 손과 낯은
  온통 피투성이이고, 단검도 피가 묻은 채, 베개 밑에
  놓여 있더군요. 두 놈 다 눈은 멍하고, 실성한 모양인
  데, 사람의 생명을 그런 자들에게 맡긴 것이 화근인
  것 같습니다.

맥베스 아, 이제 후회가 되오, 분개한 나머지 그 두 놈을
  죽여 버린 것이.

맥더프 아니, 왜 죽여 버렸소?

맥베스 대체 누가 동시에 두 가지 일을 할 수 있겠소? 당
  황한 중에 지각을 차리고, 분개하며 절도를 지키고, 충

성하며 냉정하고, 이를 누가 할 수 있겠소? 불타는 충
성의 조급한 행동이 그만 주저하는 이성을 앞서 버렸
지요. 왕은 이쪽에서 쓰러져서 은빛 피부에 금빛 핏발
이 무늬 놓여지고, 입을 벌린 상처는 파괴의 무참한 입
구, 인체의 갈라진 틈만 같았소. 한편, 저쪽에는 하수인
들이 시역의 증거로 역력히 피에 잠겨 있고, 단검은 무
엄하게 칼집에서 나와 피가 묻은 채 곁에 굴러 있었소.
그런데도 감히 누가 참을 수 있겠소? 충성심이 있고,
그것을 행동에 옮길 용기를 가진 사람이라면?

맥베스 부인 (기절을 가장하며) 아, 저를 좀 저리로!

　　　맥베스, 부인 곁으로 온다.

맥더프 아, 부인을 돌봐 드리시오.

맬 컴 (도널베인에게 방백) 왜 우리는 입을 다물고 있을
　　까, 우리가 제일 문제삼아야 할 일을.

도널베인 (맬컴에게 방백) 지금 무슨 말을 하겠소? 악운
　　이 송곳 구멍에 숨어 있다가, 언제 뛰어나와서 덤벼
　　올지 모르는데? 자, 피합시다. 눈물은 간직해 두고.

맬 컴 (도널베인에게) 격렬한 비애도 가슴에 눌러 두고.

　　　맥베스 부인의 시녀들 등장

뱅 코 (시녀들에게) 마님을 보아 드리오. (시녀들이 부인

을 부축해 나간다) 그럼, 외기에 내놓은 이 반나체들이나 가리운 다음, 다시 곧 집합하여 이 잔인무도한 사건의 진상을 규명합시다. 공포와 의혹에 몸이 덜덜 떨립니다. 나는 신의 손을 대신하여, 이 대역죄의 음모와 싸우겠소.

맥더프 나도.

모 두 다들 그럽시다.

맥베스 속히 무장을 하고 즉시 회의실로 집합합시다.

모 두 그렇게 합시다! (맬컴과 도널베인만 남고 모두 퇴장)

맬 컴 어떻게 할 참인가? 저들과 같이 행동할 수는 없지. 마음에도 없이 애통해 하는 것은 부정한 인간들이 흔히 하는 짓, 난 잉글랜드로 가겠어.

도널베인 난 아일랜드로. 피차 헤어져 있는 것이 안전합니다. 이곳에는 미소에도 칼날이 숨어 있습니다. 핏줄기가 가까운 놈일수록 더 잔인하거든.

맬 컴 살인의 화살은 아직 과녁에 꽂히지 않았어. 아무튼 가장 안전한 길은 과녁을 피하는 수밖에. 그러니 어서 말을 타러. 작별 인사 같은 건 관두고 어서 피하자. 인정의 여지가 없는 때 살그머니 달아난다고 해서 그 행위가 부끄러울 건 없으니까. (두 사람 퇴장)

제 4 장

맥베스의 성 앞.
기묘하게 컴컴한 날씨. 로스와 노인 한 사람 등장.

노 인 칠십 평생을 잘 기억하고 있습니다만, 그 긴 세월의
책 안에 무수한 시간, 괴이한 일 등도 봐왔습죠. 하지
만 간밤의 처참함에 비하면 이전 일들은 문제도 안
됩니다.

로 스 (얼굴을 들며) 아, 노인, 인간의 소행에 마음이 괴로
운지 하늘도 저렇게 이 잔인한 무대를 위협하고 있구
려. 시계로는 대낮인데, 암흑의 밤이 운행하는 등불인
태양의 목을 졸라매고 있구려. 밤이 패권을 쥐고 있는
지, 낮이 수줍어하는지. 원, 생생한 빛이 대지에 입을
맞춰야 할 시각에 암흑이 지면을 덮고 있다니?

노 인 간밤의 사건도 그렇습니다만, 자연의 이치에 어긋
난 일들뿐입니다. 지난 화요일에는 의기양양하게 공중
높이 날아오른 매가 쥐나 잡아먹는 올빼미한테 습격
을 당하여 죽었답니다.

로 스 그뿐 아니라 왕의 옥마(玉馬)들은, 참으로 괴이한
일이지만 사실입니다…… 늠름한 준마(駿馬)로 마족
(馬族)들의 정화인데, 별안간 난폭해져서 마구간을 부

수고 뛰쳐나와 복종하기를 거부하였답니다. 흡사 인류
에 도전하려는 듯이.

노 인 말들끼리 서로 물어뜯어다고도 하던데요.

로 스 그랬답니다. 그걸 보는 내 눈도 놀랐지요. (맥더프
가 성에서 나온다) 아, 맥더프 대감님, 대체 지금 세상
은 어떻게 돌아가고 있습니까?

맥더프 (하늘을 가리키며) 왜, 저렇잖소?

로 스 그 잔인무도한 시역자는 판명됐습니까?

맥더프 맥베스가 죽여 버린 그 두 놈이지요.

로 스 원, 어쩌면! 대체 무엇 때문에 그런 짓을?

맥더프 매수당한 거죠. 맬컴과 도널베인, 두 왕자는 비밀
리에 도피해 버렸소.

로 스 이 또한 자연에 역행하는 짓! 이 무슨 야욕인가요.
원, 자기 생명의 근원을 탐식하러 들다니! 이제 왕위
는 맥베스 장군께로 가겠군요.

맥더프 벌써 추대되어, 대관식을 올리러 스코운 사원으로
떠나셨소.

로 스 덩컨 왕의 유해는?

맥더프 콤킬로 모셔졌소, 역대 조상의 선산이자, 유골을
안치하는 종묘(宗廟)인.

로 스 대감님도 스코운으로 가시겠습니까?

맥더프 아니, 나는 내 거성 파이프로.

로 스 저는 스코운으로.

맥더프 그럼, 거기서 모든 일이 잘되시길 바라오. 안녕히
가오! 낡은 옷이 새옷보다 입기 편한 그런 사태나 벌
어지지 않았으면!

로 스 안녕히 가시오, 노인.

노 인 댁에게 신의 축복이 내리기를! 그리고 또 악을 선으
로, 원수를 친구로 만드는 분들에게도! (모두 퇴장)

- 몇 주일이 지나간다 -

제 3 막

제 1 장

포레스 궁전외 알현실.
뱅코 등장.

뱅 코 드디어 되었구나, 너는. 왕도, 코더도, 글래미스도
다 마녀들이 약속한 대로. 그런데 실로 더러운 수단으
로 얻은 것이나 아닌지. 허나 이것을 네 후손에게 전
하지 못하고, 대대 왕의 근원과 조상이 될 사람은 나
라고 했다. 만일 마녀들의 말에 진실이 있다면……
그것들 예언이 맥베스 너에겐 맞았는데……. 증언이
네게 실현된 것을 보면, 아 내게도 그것이 신탁(神託)
이 아닐 리는 없으렷다. 그러니 희망을 걸어도 좋을
것이 아닌가? 허나, 쉿!

나팔 소리. 국왕이 된 맥베스, 왕비가 된 맥베스 부인, 레녹스와
로스, 귀족들, 시종들 등장.

맥베스 아, 주빈이 여기.

맥베스 부인 이분을 잊어서는 우리의 축연에 구멍이 뚫린
셈이 되니, 그야말로 체모가 서지 않아요.

맥베스 오늘 밤 만찬회가 있으니 부디 참석하오.

뱅 코 어명이시라면, 영구 부단히 오직 순종함이 신의 직

책인 줄 아뢰오.

맥베스 오늘 오후 말을 타고 어디 나가오?

뱅 코 예, 폐하.

맥베스 나가지 않으면 오늘 회의에 장군 의견을 들으려고
했는데. 장군의 고견은 항상 무게가 있고 유익했으니
까. 허나 내일로 미룹시다. 그래 멀리 나가오?

뱅 코 예, 지금 떠나면 만찬회 시간에나 돌아올 거리가 될
것 같습니다. 그러나 말이 잘 달려 주지 않는 경우엔
밤의 컴컴한 시간을 한두 시간 빌리게 될 것 같습니다.

맥베스 축연을 잊지 말아 주오.

뱅 코 예, 꼭 참석하겠습니다.

맥베스 듣자니 짐의 저 잔인한 친척, 두 왕자는 각각 잉글
랜드와 아일랜드에 망명해 있다고 하는데, 그 잔악한
부친 살해죄를 자백하기는커녕, 도리어 괴이한 낭설을
유포하고 있다 하오. 허나 이 일은 내일 상의해야 할
국사와 더불어 다시 의논합시다. 어서 말에게로. 잘 가
오. 돌아오면 밤에 만납시다. 플리언스도 같이 가오?

뱅 코 예, 이젠 출발할 시각이 되었습니다.

맥베스 말이 빠르고 발이 튼튼한 놈이길 바라오. 그럼 말
등에 맡기리다. 잘 가오. (뱅코 퇴장) 다들 자유 시간
을 갖도록, 밤 일곱 시까지. 회합을 한결 즐겁게 하기
위하여 짐은 만찬까지 혼자 있겠소. 다들 물러가오.

그때 다시 봅시다! (맥베스와 시종 한 명만 남고 모두
　　퇴장) 여봐라 이리 좀. 그 사람들은 대기하고 있느냐?
시 종　예, 궁궐 문 밖에 대기하고 있습니다.
맥베스　불러들여라. (시종 퇴상) 이것으로는 아무것도 아
　　니지. 이것으로 안전하지 않은 한 뱅코에 대한 불안은
　　뿌리 깊어. 그자의 저 왕자다운 성격에 불안의 근원이
　　있거든. 그자는 진실로 대담하다. 그리고 그 대담한
　　심지에다 지력까지 있어 용기를 안전하게 행동에 옮
　　기거든. 내가 두려워하는 놈이라곤 그자뿐이지. 그자
　　곁에서는 내 수호신(守護神)이 맥을 못 써. 마르쿠스
　　안토니우스의 수호신도 케사르 곁에선 그랬다지만. 마
　　녀들이 처음 나를 왕이라 불렀을 때, 그자는 그것을
　　힐책하고 자기에게도 말을 하라고 명했겠다. 그러자
　　그것들은 예언자인 양 그치를 미래 역조(歷朝)의 조상
　　으로 환영했것다. 나의 머리에는 열매 없는 왕관을 씌
　　워 주고, 손에는 불모(不毛)의 홀(笏)을 쥐어 주었으
　　니, 이것들은 결국 직계 후계자 아닌 남의 자손에 빼
　　앗기게 마련이거든. 이렇다면 나는 뱅코의 자손들을
　　위하여 인자한 덩컨 왕을 시역한 셈이 아닌가! 그들
　　뱅코의 씨로 왕을 삼기 위하여 불멸의 보배인 영혼을,
　　인류의 적인 악마의 손에 넣어 준 셈이 아닌가! 그리
　　될 바에야 차라리 자, 승부를. 운명아, 나와 결판을 내

리자! 거기 누구냐?

맥베스 너는 문 밖에 나가서 대기하라, 부를 때까지. (시
종 퇴장) 어제였지, 너희들과 같이 얘기한 것이.

자객 1 예, 폐하.

맥베스 음, 그래. 짐의 말을 잘 음미해 보았겠지? 지금까
지 너희들을 불행하게 한 것은 실상 그놈이다. 너희들
은 오해하고 있는 모양이나 짐은 전혀 무관하느니라.
이는 어제 이야기로 충분히 납득되었으렷다. 즉, 너희
들이 어떻게 기만과 학대를 당하고 있는지, 앞잡이는
누구고 누가 이를 조종하고 있는지, 그 밖의 모든 것
을 설명해 주었으니까. 그러니 가령 바보 미치광이라
도 진상을 납득할 것이 아니냐, '이건 뱅코의 짓이다'
라고.

자객 1 그건 충분히 납득했습니다.

맥베스 그건 그렇구, 좀더 할 얘기가 있는데, 그것이 오늘
다시 만난 목적이다. 묻겠는데, 대체 너희들은 그런
대우를 감수할 만큼 인내심이 강하단 말이냐? 또는
그 알뜰한 양반과 그 자손들을 위하여 기도를 드릴
만큼 신앙심이 깊단 말이냐? 그자 손에 압박받아 너
희들은 무덤 속으로 쫓겨가고, 처자들은 영영 거지 신

세가 되었는데도?

자객 1 저희들도 사람입니다, 폐하.

맥베스 음, 이름은 사람 축에 들지. 사냥개인 그레이하운
드나 잡종·찡·똥개·삽사리·물사냥개·늑대 잡종
등등도 다 견족(犬族)으로 불려지듯이. 허나 가치표에
는 빠른 놈·느린 놈·영리한 놈·집개·사냥개 등등,
관후한 자연이 부여해 준 특징에 따라 일일이 등별되
어 특별한 명칭을 받고 있은즉, 다같이 적혀져 있는
명부와는 성질이 다르게 마련이다. 사람도 마찬가지
다. 자, 너희들도 의젓하게 가치표에 들어 있고, 최하
등 족속이 아니라고 말해 봐라. 그때는 짐이 비밀스런
용건을 너희들에게 부탁하겠는데, 이를 실행하면 너희
들의 원수가 제거될 뿐더러, 짐의 신임과 총애를 받게
되리라. 그치가 생존하는 한 짐은 반 환자격이고 그치
가 없어져야 그때야 비로소 짐의 건강은 완전하겠다.

자객 2 예, 저는 세상의 지독한 구타와 학대에 분통이 터
질 지경이니까, 세상에 대한 분풀이라면 무슨 짓이라
도 하겠습니다.

자객 1 예, 저도 어찌나 불행에 시달리고 악운에 욕을 봐
왔던지, 이제는 가부간 생명을 걸고 운명을 시험해 볼
작정입니다.

맥베스 양인 다 이제는 알았을 거다, 뱅코가 원수임을.

자객들 네, 알다뿐이겠습니까.

맥베스 그자는 짐의 원수이기도 하다. 사실 그자가 생존하는 일각일각이 짐의 생명의 핵심을 찌를 정도로 그자는 지독한 원수다. 물론 짐은 왕권으로 그자를 공공연히 소탕하여 짐의 의지를 정당화시킬 수도 있으나 이를 삼가야 할 까닭이 있다. 즉 그자에게도 친구며 짐에게도 친구인 사람들이 있는데, 짐으로서는 이들의 호의를 잃고 싶지 않거든. 그래서 그자를 이 손으로 쓰러뜨려 놓고 오히려 애통해 보여야 하는 것이다. 그래서 이렇게 너희들의 조력을 구하는데, 여러 가지 중대한 사정이 있어 그러니 세상 모르게 일을 실행해 줘야겠다.

자객 2 저희들은 폐하의 지시대로 실행하겠습니다.

자객 1 가령 저희들의 생명이……

맥베스 음, 너희들의 본심은 잘 알았다. 늦어도 한 시간 이내에 잠복할 장소를 알려 주겠다. 오늘 밤 안으로 궁성에서 좀 떨어진 지점에서 단행되어야 하니까. 그리고 짐은 결백하기로 되어 있다는 걸 항시 명심해라. 그런데 그자와 더불어…… 이 일에 구설수나 흠이 남아서는 안 되니까…… 동행한 아들놈 플리언스, 그놈의 처치도 그 아비 못지않게 짐에게는 중요한 일이니까, 그 아들마저 컴컴한 운명을 알게 해다오. 그럼, 저리 가서 결심을 해라. 곧 다시 만나자.

자객들 결심은 벌써 돼 있습니다.

맥베스 곧 가마. 안에서 기다려라. (두 자객 퇴장) 계획은
끝났다. 뱅쿠야, 네 영혼이 천당으로 가기를 원한다면
오늘 밤이 적당하리라. (다른 쪽 입구로 퇴장)

제 2 장

　　같은 장소.
　　맥베스 부인, 하인 한 명을 거느리고 등장.

맥베스 부인　뱅코는 대궐을 물러나갔느냐?

하 인　예, 밤에 다시 참례하십니다.

맥베스 부인　임금께 가서 아뢰라, 좀 사뢸 말씀이 있으니
　　여가가 있으시거든 뵙잔다고.

하 인　예.

맥베스 부인　다 허무요 수포지. 욕망이 달해도 만족이 없
　　는 한은. 살인을 하고 이렇게 불안스런 기쁨밖에 누리
　　지 못할 바에야, 차라리 살해당하는 신세가 더 편하잖
　　겠느냐.

　　맥베스 생각에 잠겨 등장.

맥베스 부인　아, 임금! 왜 하찮은 공상을 벗삼아 고독을
　　자초하세요? 생각지 않으면 자연 소멸될 망상을 상대
　　로……. 구제할 길이 없는 일은 무시해 버리는 수밖에
　　없습니다. 과거는 과거일 뿐.

맥베스　우리는 독사를 난도질했을 뿐 죽이지는 못했소.
　　미구에 다시 소생할 것이니, 우리의 무력한 악의는 언

제 이전 같은 독사에 물릴는지 모르는 일이오. 허나 불안 속에 식사를 하고 잠을 자며, 밤마다 저 악몽에 덜덜 떨며 고민할 바에야, 차라리 만물의 사개가 무너지고, 천·지 상 세계는 멸망해 버리라지. 양심의 가책 아래 미칠 듯이 불안하게 사느니보담 차라리 우리 자신의 평화를 구하여 평화의 나라로 보내 버린 죽은 사람과 같이 되는 편이 낫지. 덩컨은 지금 무덤 속에 있소. 인생의 발작적인 열병을 다 치른 뒤 편히 자고 있소. 시역은 그에게 마지막 최악을 행하였소. 이제는 칼날도, 독약도, 내란도, 외환도, 그 무엇도 그를 더 이상 손대지 못하오.

맥베스 부인 자, 갑시다. 그렇게 험상궂은 낯을 펴시고, 명랑하고 즐겁게 오늘 밤 손님들을 대하세요.

맥베스 아, 그렇게 하리다. 당신도 부디. 그리고 뱅코에게는 특별한 고려를 가지고, 눈으로나 입으로나 주빈으로 우대하시오. 불안한 일이거든. 왕의 존엄성을 아첨의 개울 속에 담그고 마음에다 가면을 씌워 본심을 은폐해야 하다니.

맥베스 부인 그런 얘기는 아예 마시라니까요.

맥베스 아, 독충들이 우글대고 있소, 내 마음속에는. 글쎄 뱅코와 그 아들놈 플리언스는 아직도 생존해 있잖소.

맥베스 부인 하지만 그들의 수명권(受命權)이 영구적인

건 아니잖아요. 언제나 당신이 원하기만 하면 당장 해
결되잖아요.

맥베스 그러기에 다소 위안이 되오. 언제라도 습격해 버
릴 수 있으니까. 그러니 당신도 즐겁게 지내오. 박쥐
가 사원을 훨훨 날아다니고, 밤의 마녀 헤카테의 부름
에 졸리운 소리를 가진 날개 딱딱한 딱정벌레가 하품
을 재촉하는 밤의 졸음을 울려댈 무렵, 가공할 일이
벌어지기로 되어 있으니까.

맥베스 부인 어떤 내용의?

맥베스 여보, 당신은 결과나 칭찬하구려……. 자, 오너라,
눈을 닫는 밤아, 인자한 낮의 보드라운 눈을 가리고,
보이지 않는 네 잔인한 손으로 말살하고 찢어 다오.
나를 겁나게 하고 있는 그치의 생명의 증서를! 빛은
어둠에 가려지고, 까마귀는 숲속 까마귀골로 날아가고
있소. 낮의 착한 자들은 허탈하여 졸기 시작하고, 밤
의 시커먼 수하들은 밥을 찾아서 일어나기 시작하오.
내 말이 수상하게 들리는 모양이구려. 허나 꾹 참고
있으시오. 악으로 시작한 일은 악으로 튼튼하게 만들
수밖에. 자, 같이 가봅시다. (두 사람 퇴장)

제 3 장

궁궐 바깥, 숲의 언넉길.
두 자객이 또 한 명의 자객과 이야기하면서 언덕길을 올라온다.

자객 1 대관절 당신은 누구의 명령을 받고 이렇게 따라오
는 거요?

자객 3 왕의 명이오.

자객 2 이분을 의심할 필요는 없는 것 같아. 우리의 직책
과 할일을 지시대로 일일이 얘기하는 걸 보니.

자객 1 그럼 합세하시오. 서녘 하늘엔 아직 석양빛이 가
물거리고 있소. 길손이 제시간에 여인숙으로 찾아들고
자 말을 재촉할 무렵이오. 우리가 기다리는 주인공도
이제 곧 나타날 거요.

자객 3 저, 말 소리가.

뱅 코 (멀리서) 애, 횃불을 이리!

자객 2 바로 그자다. 초대받은 다른 분들은 벌써 다 대궐
에 가 있소.

자객 1 길을 돌아서 가는 모양이군.

자객 3 음, 일 마일쯤 돌아서. 그런데 뱅코는 보통—다른
분들도 그렇지만—여기서부터는 대궐까지 걸어서 가
거든.

뱅코와 횃불을 든 플리언스가 언덕길을 올라온다.

자객 2 횃불, 횃불!

자객 3 놈이다.

자객 1 용감하게!

뱅 코 비가 오실 모양이지, 오늘 밤은.

자객 1 오시고말고. (자객 한 사람이 횃불을 쳐서 꺼버리
　　　　고, 다른 두 사람은 뱅코를 습격하다)

뱅 코 아, 암살이다! 달아나라, 플리언스야. 달아나라, 달
　　　　아나! 달아나서! 복수를 해다오. 윽, 망할! (죽는다. 플
　　　　리언스 도망한다)

자객 3 누가 횃불을 껐나!

자객 1 잘못했나?

자객 3 한 놈밖에 못 치웠어. 아들놈은 달아나 버렸어.

자객 2 중요한 임무의 반을 놓쳤구먼.

자객 1 그럼. 자, 가서 한 일만이라도 아뢰자꾸나.

제 4 장

궁궐의 홀.
안쪽에 단(壇)이 있고, 그 뒤 좌우에 입구가 있다. 단 위에는 옥
좌가 마련되어 있고, 앞에는 식탁이 있다. 이 식탁과 직각으로 맞
대서 긴 식탁이 무대 중앙에 놓여 있다. 연석(宴席)이 마련되어
있다. 맥베스, 맥베스 부인, 로스, 레녹스, 귀족, 시종들 등장.

맥베스 각기 신분대로 앉으시오. 다 잘 오셨소.
귀족들 황공하옵니다.

맥베스 부인을 옥좌로 안내한다. 귀족들은 각기 식탁 양쪽에 가
서 앉는다. 맥베스의 옥좌는 비어 있다.

맥베스 짐은 여러분과 함께 앉아 겸손히 주인노릇을 하겠
소. (맥베스 내려온다) 여주인 역은 정좌에 앉아 있지
만, 곧 환영 인사를 하게 하겠소.
맥베스 부인 임금께서 저를 대신하여 여러분께 인사말을 전
하세요. 저는 충심으로 여러분을 환영하고 있으니까요.

맥베스가 왼편 입구 앞을 지날 때 자객 1이 입구에 나타난다. 귀
족 모두 일어서서 맥베스 부인에게 절을 한다.

맥베스 자, 보시오, 모두들 진심으로 답례를 하는구려. 양
쪽 좌석이 다 인원수가 같구먼. (빈 좌석을 손가락질

하면서) 나는 여기 앉겠소. 마음껏 즐기시오. 이제 곧
축배를 돌리겠소. (입구의 자객에게) 네 얼굴에 피가.

여기서 맥베스와 자객, 서로 방백을 교환한다.

자 객 뱅코의 피입니다.

맥베스 그 피가 그자 체내에 있지 않고 네 얼굴에 묻어
있어 다행이다. 그래, 해치웠느냐?

자 객 예, 목을 잘랐습니다. 제가 했습죠.

맥베스 너는 멱을 따는 명수구나! 허나 플리언스를 처치
한 자도 훌륭하렸다. 그것도 네가 했다면 넌 천하무쌍
의 명수지.

자 객 죄송합니다. 플리언스는 달아나 버렸습니다.

맥베스 그럼 내 발작은 재발하렸다. 그놈마저 처치해 주
었던들 나는 안전할 것이 아니냐. 대리석같이 안전하
고, 암석같이 견고하고, 넓은 대지같이 자유 활달할
것 아니냐. 하나 이제 나는 좁은 방에 유폐되어, 분하
게도 의혹과 공포에게 결박을 당해 버렸구나. 그런데
뱅코는 틀림없지?

자 객 예, 틀림없이 도랑 속에 뻗어 있습니다. 머리통에
스무 군데나 깊은 상처를 입고. 그 중 가장 작은 상처
만으로도 목숨이 무사하진 못합죠.

맥베스 아, 수고했다. 아비 뱀은 뻗었구나. 달아난 새끼 뱀

은 미구에 독을 지니게 되었으나 지금 당장은 이빨에 독이 없다. 그만 물러가라, 내일 다시 얘기를 하자. (자객 퇴장)

맥베스 부인 폐하, 환대기 모지랍니다. 축연은 시사 도중 자주 환대의 뜻을 표시하지 않으면 강매당하는 격이 됩니다. 사실 먹는 것은 자기네 집이 제일이지요. 자기네 집과 다른 양념이 환대잖겠어요. 환대 없는 회식은 무의미합니다.

뱅코의 유령이 나타나서 맥베스의 자리에 앉는다.

맥베스 참 그렇구려! 자, 다들 많이 드시고 잘 소화시키고, 식욕과 소화가 다 왕성하시기를!

레녹스 폐하께서도 착석하기를.

맥베스 이제 전국의 고관대작이 한자리에 모였구려. 저 훌륭한 뱅코 장군만 결석하고. 그러나 차라리 그분의 무성의를 책하게나 되었으면 좋겠소만. 혹시 무슨 재앙이라도 있었는지 염려가 되는구려.

로 스 그분의 결석은 약속 위반입니다. 황공하오나 폐하께서도 같이 앉아 주시옵기를.

맥베스 좌석이 다 차 있는데.

로 스 여기 마련돼 있습니다.

맥베스 어디?

레녹스 여기 있습니다……. 아니, 폐하께서는 왜 그렇게
놀라십니까?

맥베스 누가 이런 장난을 해놓았어?

귀족들 뭘 말씀입니까?

맥베스 (유령에게) 나보고 했단 말인가? 그 피투성이 머
리털을 이쪽에 대고 흔들지 말아. (맥베스 부인, 자리
에서 일어선다)

로 스 여러분, 모두들 일어납시다. 임금님께서는 편찮으십
니다.

맥베스 부인 (걸어 내려오면서) 여러분, 앉으세요. 폐하께
서는 이런 일이 가끔 계십니다. 소시적부터 있는 일입
니다. 그냥 앉아 계세요. 이 병은 일시적입니다. 곧 나
으세요. 유심히 바라보고 있으면 도리어 심해져서 병
이 오래 끌게 됩니다. 어서들 드세요. 염려 마시구.
(맥베스에게) 대장부 아니세요?

여기서 맥베스 부부는 한참 동안 방백을 주고받는다.

맥베스 암, 대단한 사나이지, 악마가 질겁할 물건도 노려
볼 수 있는.

맥베스 부인 어머, 참 장하시네! 그건 마음의 불안에서 생
긴 환상이에요. 공중에 떠서 왕의 침소로 안내했다는
저 환상의 단검 같은 거예요. 아, 그런 발작은 진짜 불

안에 비하면 가짜라고나 할까. 겨울날 화롯가에서 할머니의 보증 아래 아낙네가 지껄이는 얘기하고나 어울려요……. 정말, 창피하게시리! 왜 그런 얼굴을! 보세요, 이긴 의자에 지니지 않잖아요.

맥베스 여보, 저기 좀 봐! 저기! 저, 저것 좀 봐! 자, 어떻소? 원, 뭐가 무섭담? 머리를 끄덕일 수 있다면 어디 말을 해봐라. 일단 매장된 놈을 납골당이나 무덤이 다시 토해 놓고 만다면, 이젠 소리개의 뱃속을 무덤삼아야 할 판이 아니겠느냐? (유령 사라진다)

맥베스 부인 세상에, 바보같이 그렇게 완전히 넋을 잃다니?

맥베스 확실히 이 눈으로 보았소.

맥베스 부인 정말이지, 창피스럽게!

맥베스 (이리저리 걸어다니면서) 유혈 참사는 태고적에도 있었지. 인도적인 법률 사회를 정화시키기 이전인 태고적에도. 아니 그후에도 가공할 만한 사건은 많았어. 허나 예전에는 골이 터져 나오면 죽고 끝장이 났는데, 지금은 머리에 치명상을 이십 군데나 입은 놈이 다시 살아나서 사람을 의자에서 밀어내는 판이니……. 이거 참, 예전 살인보다는 괴이하거든.

맥베스 부인 (맥베스 팔을 잡으며) 자, 귀한 손님들이 기다리고 있습니다.

맥베스 아, 그만 잊고 있었구려……. 나를 수상히 생각하

지 마시오, 여러분. 난 이상한 고질병을 앓았는데, 아
시는 분은 예사로운 일이오. 자, 여러분의 건강을 축
하하오. 그럼 나도 착석하겠소. 술을, 철철 넘치도록.

맥베스, 잔을 들자 등뒤 자리에서 유령이 다시 나타난다.

맥베스 일동의 건강을 위하여 축배를 들겠소, 그리고 결
석한 친구 뱅코를 위해서도. 그분의 결석은 정말 유감
이오! 일동과 그분을 위하여 축배를 들겠소. 자, 모두
축배를 듭시다.

귀족들 (잔을 들면서) 충성을 맹세하며 축배를 듭시다.

맥베스 (의자를 돌아다보며) 꺼져! 내 눈앞에서! 지하로!
(잔을 떨어뜨린다) 뼛골 속은 없고, 피는 차디찬 것이!
그렇게 노려봐도 시력은 없는 것이!

맥베스 부인 이건, 여러분, 지병이랍니다. 정말이에요. 홍
을 깨서 미안합니다.

맥베스 인간이 하는 일이라면 나도 하겠다. 더부룩한 러
시아 곰이건 뿔 돋친 물소건, 하케니아의 범이건 무슨
모양을 하고라도 나오라. 지금의 그 모양만 아니면 나
의 이 건강한 힘줄이 꼼짝이나 할까 보냐. 아니, 다시
살아나와, 황야에서 칼을 대고 대결해 보자. 그때 내
가 겁낸다면 계집아이의 인형이라고 불러도 좋다. 꺼
져, 징그러운 유령 같으니. 실체 없는 환상 같으니. 꺼

져! (유령 사라진다) 이젠 사라졌구나. 사라만 지면 나
는 다시 대장부다워지거든. 아, 여러분, 그냥 앉아 주
시오.

맥베스 부인 그렇게 미친 사람처럼 행동하여 흥이 깨지고,
좋은 회합은 엉망이 되고 말았어요.

맥베스 그러한 것이 여름날 구름같이 엄습해 오는데, 놀
라지 않을 수 있겠소? 나는 내 본성이 의심스러워졌
어. 그런 걸 보고도 다들 태연히 낯의 홍조를 잃지 않
고 있는데 내 얼굴만 공포에 질리니.

로 스 그러한 것이라니, 무슨 말씀입니까?

맥베스 부인 제발, 아무 얘기도 걸지 마세요. 또 악화되십
니다. 얘기를 시키면 흥분하세요. 그럼 여러분 안녕히,
어서, 퇴석의 순서는 개의하지 마시고. (귀족들 모두
일어선다)

레녹스 안녕히 주무십시오. 폐하께서 속히 쾌유하시기를!

맥베스 부인 여러분, 안녕히! (귀족 모두 퇴장)

맥베스 피를 보고야 말렷다. 피는 피를 요구한다잖는가.
묘석이 움직이고, 수목이 말을 한 실례도 있었것다.
무시무시한 징조나 뜻있는 어떤 상태가 까치나 까마
귀들을 이용하여 숨겨진 살인자를 알아낸 적도 있었
다잖은가……. 밤은 얼마나 깊었소?

맥베스 부인 밤인지 새벽인지 분간키 어려운 시간입니다.

맥베스 어떻게 생각하오, 짐의 명을 거역하고 참석하지
  않은 맥더프를?

맥베스 부인 그걸 어떻게 아셨어요? 사람을 보내 보셨습
  니까?

맥베스 우연히 들었소. 허나 사람을 보내 보겠소. 내가 매
  수한 하인이 한 놈쯤 없는 집은 하나도 없소……. 내
  일 아침 일찍 저 마녀들을 찾아가 봐야겠어. 이렇게
  된 바에야 최강의 수단을 써서라도 최악의 결과를 미
  리 알아야겠소. 내 이익을 위해서는 무슨 짓이고 할
  테요. 어차피 여기까지 발을 들여놓고 보니 진퇴유곡.
  이제는 전진하는 길밖에 없소. 지금 이 머릿속에는 괴
  이한 생각들이 손을 기다리고 있소. 곧 실행에 옮겨야
  겠소. 음미할 여유가 없소.

맥베스 부인 온 생명의 강장제가 되는 잠이 부족하신 탓
  이에요.

맥베스 자, 가서 쉽시다. 이렇게 허무맹랑하게 환영(幻影)
  한테 속는 것은 초심자의 불안 탓이오. 수련을 더 쌓
  아야지. 이런 일엔 아직 미숙하거든. (두 사람 퇴장)

제 5 장

확야.
천둥. 마녀 셋 등장하여 헤카테와 만난다.

마녀 1   아니, 웬일이에요. 헤카테님, 화가 나셨나요?

헤카테   화가 안 나게 됐어? 건방지고 뻔뻔스런 요파들 같
으니. 제멋대로 맥베스와 거래를 하다니. 생사의 수수
께끼를. 그리고 마술의 여주인공이요, 온갖 재앙의 비
밀 고안자인 나를 모셔다가 마술을 영광으로 과시하
게 하지 않다니? 그뿐인가, 더욱 괘씸하게도 너희들이
한 짓은 오직 저 심술궂고 성 잘 내는 고집쟁이 놈을
위했을 뿐 아니라, 그놈 역시 제 일만 위하고 너희들
은 위하지 않는데. 자, 이젠 그 보상이다. 곧 출발하여
지옥의 아케론 강 동굴에서 새벽녘에 만나자꾸나. 그
곳으로 그놈은 제 운명을 알려고 올 것이니까. 도구와
마술을 준비해라. 주문(呪文)과 그 밖의 모든 것도 같
이. 오늘 밤엔 가공하고 잔인한 일을 저질러야지. 오
전 안으로 큰일을 끝마쳐야지. 달님 한구석에는 증기
같은 물방울 한 방울이 무겁게 매달려 있는데, 땅에
떨어지기 전에 받아서 마법으로 증류시키면 마의 정
령들이 나타나고, 그 환영(幻影)의 힘에 끌려 그놈이

파멸되고 만다. 글쎄, 운명을 차버리고, 죽음을 조소하며, 야망을 안고 지혜와 미덕과 공로를 무시하게 마련이지. 하여튼 자만심은 무엇보다도 큰 적이거든. (정령들의 음악과 노래. 구름이 내리덮는다) 저봐, 나를 부르잖니. 저봐, 내 꼬마 정령이 안개 같은 구름 속에 앉아서 나를 기다리고 있잖니. (구름을 타고 날아가 버린다)

마녀 1 우리도 빨리. 헤카테는 금방 돌아올 테니까. (마녀 셋 사라진다)

제 6 장

레녹스 내가 지금 한 얘기는 댁의 생각과 부합되나, 좀더 깊이 해석할 여지도 있소. 아무튼 사태는 참 기묘하게 됐구려. 인자하신 덩컨 왕은 맥베스의 애도를 받았소. 하긴 이미 돌아가신 분이니까. 그리고 용맹한 뱅코는 밤늦게 길을 걷다가……. 그분을 플리언스가 죽였다고 할 수 있겠지. 플리언스는 도주했으니까. 밤늦게 다닐 것이 아니구려. 원, 맬컴과 도널베인이 인자하신 자기 부친을 살해했다고 하니, 괴이하게 생각하지 않을 사람이 어디 있겠소? 천벌을 받을 일이지! 맥베스가 얼마나 애통해 했겠소! 글쎄 의분에 못 이겨 당장 그 두 역적을 베어 버리지 않았겠어요. 술의 노예가 되고 잠의 종복이 되어 있는 현장에서. 훌륭한 처사였겠군요. 암 현명한 처사이기도 하죠. 그것들이 자기네 소행이 아니라고 변명하는 것을 들으면, 분개하지 않을 사람은 없을 것이니 말이오. 그러니 말예요, 맥베스는 만사를 다 잘 해버린 것이지요. 그리고 생각하니 두 왕자가 체포되는 날엔, 설마 그렇게 되진 않겠지만, 부

친 살해죄의 대가를 톡톡히 맛보렷다. 플리언스 역시
그렇고. 하나 가만 있자! 솔직히 말하면, 폭군의 축연
에 결석 한 탓으로 맥더프는 지금 노여움을 샀다잖소.
그런데 대체 그분은 어디 은신중이신가요?

귀 족 저 폭군에게 생득권(生得權)을 찬탈당한 태자는 현
재 잉글랜드 궁정에 가서 경건한 에드워드 왕께 후대
를 받아, 불운한 처지에도 불구하고 존엄성엔 조금도
손상이 없으시다 합니다. 이미 맥더프도 그곳을 찾아
가 성왕께 호소하여 태자를 위해 노덤벌랜드 백작과
용명한 시워드를 궐기시킬 계획인즉, 다행히 하느님이
용납하신다면 그 원군으로 우리는 다시 성찬(盛餐)과
안면을 취하고, 축연과 연석에서는 잔인한 비수를 제
거하고, 충성을 다하고 정당한 명예를 받게 되리라.
현재 우리는 이를 다 갈망하는 바이외다. 그런데 이
소식에 맥베스 왕은 격분하여 전쟁 준비에 착수했소.

레녹스 맥더프에 사자를 보냈나요?

귀 족 보냈답니다. 그러나 ‘돌아가지 않겠다’는 단호한 거
절에 불쾌해진 사자는 홱 돌아서면서, ‘머지않아 후회
하렷다, 그런 대답으로 이 사람을 곤경에 빠뜨리다니’
하고 말하는 사람같이 무엇인가 중얼거렸답니다.

레녹스 그렇다면 그건 그분께 경고를 준 셈이군요. 지혜
를 다하여 멀리 피해 있도록. 속히 어떤 천사가 맥더

프보다 먼저 잉글랜드 궁정으로 날아가서, 그 임무를
전달해 주었으면 좋겠소. 저주받은 손목 밑에서 신음
하는 이 나라에 어서 속히 축복이 돌아오도록 말이오.

귀 족 나도 그 천사 편에 기도를 전하겠소. (퇴장)

제 4 막

제 1 장

동굴.
동굴 중앙에는 불길이 오르고 있는 구멍이 있고, 이 위에 끓는 가
마솥이 걸려 있다. 천둥 소리와 더불어 불길 속에서 세 마녀가 차
례로 나타난다.

마녀 1 세 번 울었다. 얼룩괭이가.

마녀 2 세 번, 그리고 한 번 울었다, 고슴도치가.

마녀 3 하프[괴조]도 운다, '어서, 어서' 하고.

마녀 1 가마솥 주위를 빙빙 돌자. 독 있는 내장을 집어넣
자. (모두 가마솥 주위를 좌측으로부터 돌기 시작한다)
차디찬 돌 밑에서 삼십일 일 밤낮을 자면서 독을 빚어
내는 두꺼비, 이놈을 먼저 마법의 솥에다 끓여야지!

세 마녀 두 배나 고생하고, 두 배나 애를 써서 타라, 불아,
끓어라, 솥아. (솥 속을 휘젓는다)

마녀 2 늪에서 잡은 뱀의 토막살아. 끓어라, 구워져라, 가
마솥에서. 도롱뇽의 눈알과 개구리 발가락, 박쥐 털과
개 혓바닥, 독사의 혀와 독충의 침, 도마뱀 다리와 올
빼미 날개, 무서운 재앙의 부적이 되도록 지옥의 잡탕
처럼 펄펄 끓어라.

세 마녀 두 배나 고생하고, 두 배나 애를 써서 타라. 불아
끓어라, 솥아. (솥 속을 휘젓는다)

마녀 3 용 비늘, 늑대 이빨, 마녀의 미라, 굶주린 상어의 위와 식도, 한밤에 캔 독 당근, 신을 모독하는 유태 놈의 간, 염소 쓸개, 월식 아래 꺾은 주목 가지, 터키 사람 코, 타타르 사람 입술, 창부가 낳아서 목을 졸라 죽여 도랑에 버린 갓난애 손가락, 죄다 넣어서 진하게 하자꾸나, 이 잡탕을. 한 가지 더, 호랑이 내장까지 솥의 국 속에 넣자꾸나.

세 마녀 두 배나 괴로워하고, 두 배나 애를 써서 타라, 불아. 끓어라 솥아. (솥 속을 휘젓는다)

마녀 2 자, 식히자, 성성이의 피로. 이제는 마력의 효험이 이루어졌다.

      헤카테, 다른 마녀 셋을 데리고 등장

헤카테 아, 잘들 했다, 수고했다. 이익을 얻으면 고루 나누어 주겠다. 자, 가마솥을 돌며 노래부르자. 꼬마 요정, 큰 요정처럼 원을 짓고, 집어넣은 물건에다 마술을 걸며.

      음악과 노래, '검은 정령이⋯⋯'로 시작된다. 헤카테 퇴장

마녀 2 이 엄지손가락이 쑤시는 걸 보니, 어떤 악한 놈이 오나 보다. 열려라 자물쇠야, 노크한 자가 누구건!

      문이 열리고 바깥에 맥베스가 서 있다.

맥베스 (걸어오면서) 오 너희들, 밤중에 시커먼 비밀을 행하는 마녀들! 대체 지금 무엇을 하고 있는가!

세 마녀 말하지 못할 비밀을!

맥베스 어떻게 습득했는진 모르지만, 너희들이 비록 폭풍을 풀어 교회당을 넘어뜨리든, 거품이 이는 파도가 선박을 부숴 삼켜 버리든, 바람에 보리 이삭이 쓰러지고 수목이 넘어지든, 성벽이 파수병 머리 위에 넘어져 떨어지든, 궁성과 탑이 기울어져 지상으로 넘어지든, 보배 같은 자연의 종자가 뒤범벅이 되어 파괴가 식상을 하든 상관없으나 내 묻는 말에 대답을 해다오.

마녀 1 말씀해 보세요.

마녀 2 물어 보세요.

마녀 3 대답해 드릴게요.

마녀 1 그래, 저희들 입에서 들으시겠어요? 또는 저희들의 선생님에게서 들으시겠어요?

맥베스 그 선생님을 불러 다오, 만나고 싶으니!

마녀 1 부어 넣자, 제 새끼 아홉이나 잡아먹은 암퇘지의 피를. 살인자가 교수대에서 흘린 기름을 던져 넣자, 불 속에.

세 마녀 지옥에 있는 모든 마녀들아. 이리 나와 보여라, 술(術)을.

천둥 · 환영 1, 맥베스와 같은 투구를 쓰고 숲속에서 나타난다.

맥베스 네가 무슨 힘을 가졌는지 모르나, 자.

마녀 1 저쪽에선 당신 마음을 알고 있어요. 듣기만 하세요.

환영 1 맥베스! 맥베스! 맥베스! 경계하라, 맥더프를, 파이
프의 영주를. 이만 실례. (숲속으로 사라진다)

맥베스 네가 뭔지 모르나, 그 충고는 고맙다. 너는 내 불
안을 알아맞혔다. 허나 한 가지만 더…….

마녀 1 명령도 소용없어요. 그럼 다음, 첫번보다 신통한.

천둥, 환영 2, 피투성이가 된 아이의 모습을 하고 나타난다.

환영 2 맥베스! 맥베스! 맥베스!

맥베스 내 귀가 세 개라도 그 세 개로 네 말을 듣고 싶구나.

환영 2 잔인, 대담, 단호히 할 사. 인간의 힘일랑 일소에
붙일 사. 여자의 몸에서 태어난 자로 맥베스를 해칠
자는 없느니라. (숲속으로 사라진다)

맥베스 그럼, 맥더프. 살아 있으라. 너 같은 걸 무서워할
필요가 어디 있어? 허나 이중으로 확실성을 보증하기
위하여 운명한테 증서를 한 장 받아 둬야지. 맥더프,
역시 넌 살려 둘 수 없어. 이제 나는 비겁한 공포심을
호통쳐서, 천둥이 으르렁거리는 속에서도 잠을 자고
싶으니.

천둥·왕관을 쓴 환영 3, 손에 나뭇가지를 들고 등장

맥베스 아, 이건 왕손(王孫)인 양 저 아기 머리엔 왕의 면
  류관을 쓰고?

세 마녀 듣기만 하세요, 말을 걸지는 마시고.

환영 3 사자 같은 기개를 가지고 용감할 것. 개의치 말 것,
  누가 분개 초조하건, 어디에 반역자가 나타나건. 맥베
  스는 영구 불패이니라, 버넘의 대산림이 던시네인의
  높은 언덕을 향하여 쳐들어오기 전에는. (사라진다)

맥베스 그건 만무할 일. 대체 누가 숲을 징집할 수 있으
  며, 대지에 뿌리박은 나무에게 뽑히라고 명령할 수 있
  겠는가. 멋진 예언이구나! 응, 반역자의 시체가 다시는
  소생하지 못하렷다, 버넘 숲이 움직이기 전에는. 그렇
  다면 옥좌에 앉은 이 맥베스는 천수를 다한 끝에 기
  한이 되어서야 죽음에게 생명을 바치게 되겠구나. 허
  나 한 가지 더 알고 싶어 가슴이 두근거리는구나. 어
  디 말해 봐라. 너희들의 술로 말할 수 있다면. 과연 뱅
  쿄의 자손이 이 나라에 군림하게 될 것인가?

세 마녀 이젠 더 묻지 마세요.

맥베스 기어이 알아야겠다. 만약 거절한다면 너희들에게
  영겁의 저주가 내리리라……. 이시 말해 보아라. (피리
  소리와 더불어 솥이 땅으로 가라앉는다) 저 솥은 왜
  가라앉는가? 그리고 이 소리는 무엇인가?

마녀 1 나타나라!

마녀 2 나타나라!

마녀 3 나타나라!

세 마녀 나타나서 눈에 보여 드리고, 마음을 슬프게 해드
려라. 그림자같이 나타나서 사라져라. "

> 여덟 명의 왕이 한 줄로 나타나서 동굴 안쪽을 가로질러 간다. 이
> 때 맥베스는 대사를 말한다. 마지막 왕은 손에 거울을 들고 있다.
> 뱅코의 망령은 제일 끝에 따라선다.

맥베스 마치 뱅코의 망령 같구나, 너는. 꺼져! 네 왕관에
내 눈알이 탄다. 그리고 다른 왕관을 쓴 놈. 네 머리칼
역시 처음 놈과 같구나. 셋째 놈도 먼저 놈과 같구. 더
러운 마녀들 같으니! 왜 이런 것을 내게 보이는가! 넷
째 놈? 이 눈알아, 튀어나오라! 제기, 이 행렬은 최후
의 심판의 날까지 계속할 참이냐? 또 한 놈! 일곱째?
이젠 보기 싫다. 또 여덟째가. 손에는 거울을 들고 있
고, 아직 더 많이 비쳐내 보이는구먼. 그 중 어떤 놈은
구슬 두 개와 홀 세 개를 들고 있잖은가. 무서운 광경
이다. 이제 보니 사실이구나. 머리칼이 피에 엉킨 뱅
코가 날 보고 웃으면서, 저것들을 제 자손이라고 가리
키고 있잖은가. 제기, 이게 사실이란 말이냐?

마녀 1 예, 예, 사실이에요. 하지만 맥베스님은 왜 그렇게
멍하니 서 계실까요? 애들아, 여흥을 보여 이분의 기
분을 돋우어 드리자. 나는 마술로 공중에서 음악이 나

오게 할 테니, 너희들은 괴상한 두리춤을 추어 드려라.
그러면 이 대왕님은 우리의 영접을 고맙다고 치사하
실 것이 아니겠느냐.

음악. 마녀들 춤을 추며 사라진다.

맥베스 어디로 갔나? 사라져 버렸나? 이 유독한 일각은
달력에서 영원히 저주받는 시각이 되렷다. 들어오너
라, 밖에 누가 있느냐?

레녹스 등장

레녹스 무슨 분부이십니까?

맥베스 마녀들을 보지 못했느냐?

레녹스 예, 보지 못했습니다.

맥베스 그대 옆을 지나가지 않더냐?

레녹스 예, 정말 지나가지 않았습니다.

맥베스 그것들이 타고 다니는 공기는 썩어 버려라! 그것
들 말을 듣는 놈들은 지옥에 떨어져라! 아까 말굽 소
리가 났는데, 온 사람이 누구냐?

레녹스 예, 두서너 명이 소식을 가지고 왔습니다. 맥더프
가 잉글랜드로 도망갔다는 소식을 말입니다.

맥더프 잉글랜드로 도망갔다고?

레녹스 예, 폐하.

맥베스 (방백) 시간아, 네가 선수를 쳤구나. 이제 가공할 일을 할 참이었는데. 실행 없는 계획은 어떻게도 빠르든지 따를 수가 없거든. 이 순간부턴 마음속의 산물은 곧 손의 산물이다. 음, 이제라도 생각에다 행동의 관을 씌우기 위해서 당장 계획하고 실천해야겠다. 맥더프의 성을 습격하여 파이프를 점령하고, 모조리 칼날 맛을 보여 줘야지. 그자의 처자나 불행한 혈연 관계자 일당을. 바보 같은 호언장담이 아니다. 실행에 옮겨야지, 계획이 식기 전에. 이제 환영은 보기 싫다! (큰소리로) 온 사람들은 어디 있느냐? 자, 가보자, 그리로. (모두 퇴장)

제 2 장

맥더프이 거성인 파이프.
맥더프 부인, 그 아들과 로스 등장.

맥더프 부인 고국을 떠나야 되다니? 주인이 대체 무슨 짓
을 했어요?

로 스 참으셔야 합니다, 부인.

맥더프 부인 그이야말로 참지를 않았어요. 탈주는 미친
짓이에요. 그런 행동 아니라도 공포심 때문에도 스스
로 역적이 되게 마련이에요.

로 스 그건 분별심 때문에 그랬는지, 제풀에 놀라서 그랬
는지 부인은 아직 모르십니다.

맥더프 부인 분별? 처자를 버리고, 거성과 영지(領地)를
버리고 혼자 도주하는 것이? 그인 처자를 사랑하지
않습니다. 인류의 애정이 없는 이예요. 글쎄, 새 중에
가장 작은 굴뚝새조차 둥우리 안의 제 새끼를 위해서
는 올빼미와도 싸우잖아요. 공포심뿐이고 애정이라곤
없는 이예요. 분별이 무슨 분별입니까, 전혀 이유도
없이 도주할 필요가 어디 있어요.

로 스 아주머니, 좀 진정하십시오. 주인 어른은 고결 현명
하고 분별이 계시며, 시국의 고질을 통찰하고 계시는

분입니다. 자세히 말씀드리진 못하겠습니다만, 하여튼 고약한 세상입니다. 지금 우리는 자기도 모르는 사이에 역적으로 몰리고, 무섭기 때문에 풍설을 믿고 있으나, 대관절 뭐가 무서운지 자기도 모르는 형편입니다. 거칠고 사나운 해상을 목적지도 없이 표류하고 있는 격입니다. 그럼 이만 실례하겠습니다. 머지않아 다시 찾아뵙겠습니다. 재앙도 고비에서 제일 심합니다. 그러니 고비만 넘으면 원상으로 복구되어 갑니다. 귀여운 아가, 안녕.

맥더프 부인　멀쩡히 아비가 있으면서 아비 없는 자식이 됐습니다.

로 스　저는 참 바보입니다. 이 이상 지체하고 있다가는 저도 욕을 보고 부인까지 난처하게 만드는 결과가 됩니다. (허둥지둥 퇴장)

맥더프 부인　애야, 아버지는 돌아가셨어. 이제부터 너는 어떻게 할 테냐? 어떻게 살아갈 테냐?

아 들　새같이 살지요, 어머니.

맥더프 부인　뭐, 벌레나 파리를 잡아먹고?

아 들　무엇이고 잡히는 대로, 새같이 말예요.

맥더프 부인　가엾어라! 그물이나, 끈끈이나, 함정도, 새덫도 무섭지 않나 보지.

아 들　무섭긴 뭐가 무서워요, 어머니. 불쌍한 새한테는 그

럴 리 없어요. 아버진 돌아가시지 않았어요, 어머니는
  그렇게 말씀하셔도.

맥더프 부인 아니다, 돌아가셨다. 아버지 없는 넌 어쩔 테냐?

아 들 그럼 어머닌 남편 없이 어떡하실 거예요?

맥더프 부인 왜, 남편쯤은 시장에서 스무 명 정도 살 수
  있다.

아 들 샀다 파시게요?

맥더프 부인 있는 지혜를 다 짜내는구나. 어쩌면 너 같은
  애가 그런 말을 다.

아 들 역적인가요 아버지가, 어머니?

맥더프 부인 음, 그렇단다.

아 들 역적이라니, 그건 무슨 말인가요?

맥더프 부인 맹세를 깨뜨리는 사람을 뜻한단다.

아 들 그렇게 하는 사람은 다 역적인가요?

맥더프 부인 그렇게 하는 사람은 다 역적이다. 목을 매달
  아 죽일 수밖에.

아 들 그럼 맹세를 깨뜨린 사람은 다 목매달아 죽여야 해요?

맥더프 부인 그렇다, 다.

아 들 누가 목을 매달아요?

맥더프 부인 그야 정직한 사람들이.

아 들 그럼 거짓말쟁이와 맹세꾼은 다 바보구나. 거짓말쟁
  이와 맹세꾼은 얼마든지 있으니까, 정직한 사람들쯤

때려눕혀서 도리어 목을 매달아 죽여 버리면 되잖아요.

맥더프 부인 원, 세상에! 가엾은 원숭이 같으니! 하지만 아버지 없이 넌 어떡할 테냐?

아 들 아버지가 정말 돌아가셨다면 어머닌 우실 게 아녜요. 울지 않는 걸 보니 내게 곧 새 아버지가 생길 좋은 증거지 뭐.

맥더프 부인 애두, 못할 말이 없구나!

사자 등장

사 자 안녕하십니까, 마님! 첨 뵙지만 마님의 신분을 알고 있습니다. 마님 신변에 위험이 절박한 것 같습니다. 미천한 이 사람의 충고를 들어 주신다면 이곳을 피하십시오. 어서 자제분들을 데리고. 이렇게 놀라시게 해서 너무 무례한 것 같습니다만, 더 참혹한 일이 신변에 절박해 있습니다. 하느님의 가호가 있기를! 이젠 더 지체할 수 없습니다. (퇴장)

맥더프 부인 어디로 피한담. 아무 잘못도 하지 않는 내가? 하지만 이제 돌이켜 생각하니, 여기는 사바 세계로구나. 사바에선 악한 일이 흔히 칭찬받게 마련이고, 어쩌다 있는 선한 일은 위험한 바보짓 취급을 당하거든. 이를 어쩐담? 잘못을 한 적이 없다고 여자의 입으로 아무리 변명을 해보았자 무슨 소용이 있을라구.

자객들 등장

맥더프 부인 아, 이 얼굴들은?

자 객 주인은 어디 있어?

맥더프 부인 아마 너희 같은 것들이 찾아낼 수 있는 더러
    운 곳에는 안 계실 거다.

자 객 그자는 역적이다.

아 들 거짓말쟁이, 털보, 악당 같으니.

자 객 요새끼 좀 봐라. (칼로 찌른다) 송사리 역적 같으니!

아 들 사람 죽이네, 엄마. 엄마는 어서 달아나. (죽는다)

맥더프 부인은 '살인'이라 부르짖으며 달아난다. 자객들이 쫓아 들
어간다.

제 3 장

잉글랜드, 에드워드 참회 왕의 궁성 앞.
맬컴과 맥더프 등장.

맬 컴 어디 쓸쓸한 그늘을 찾아가서, 슬픈 가슴이 시원토
록 울어나 봅시다.

맥더프 아니, 그보다도 죽음의 칼을 들고 용사답게 쓰러
진 조국을 구합시다. 새 아침마다 새 과부가 통곡하고,
새 고아가 아우성치고, 새 비탄이 천상에 울려대고,
하늘도 스코틀랜드에 공명하는지, 같은 비통 소리를
울려대고 있습니다.

맬 컴 믿는 일이면 나는 슬퍼하겠소. 아는 일이면 믿겠소.
그리고 구제할 수 있는 일 같으면 좋은 시기를 만나
면 구제하겠소. 대감 말씀이 사실일지도 모르죠. 그
이름을 입에만 올려도 혀를 곪게 하는 저 폭군도 한
때는 정직한 인간이라 생각했던 사람이오. 대감 자신
도 전에는 그자를 퍽 존경했고, 그자 역시 대감께는
손을 대지 않고 있었소. 나는 나이 어린 사람이오. 허
나 나를 이용하면 그자의 환심을 살 수 있으리다. 노
한 신을 달래자면 약하고 불쌍하고 죄없는 양을 제물
로 바치는 것이 현명한 수단이거든요.

맥더프 나는 배신하지 않습니다.

맬 컴 그러나 맥베스는 배신했소. 선량하고 유덕한 성품
도 제왕의 위세 앞에서는 무너지게 마련이오. 허나 용
서하시오. 대감의 인품이 내 생각에 따라 변할 리는
없습니다. 천사들은 여전히 빛납니다. 가장 빛나는 천
사가 타락했을망정. 비록 온갖 추한 것이 덕의 가면을
쓸지라도 덕은 여전히 덕으로 보일 수밖에 없습니다.

맥더프 나는 희망을 잃고 말았습니다.

맬 컴 아마 그 점에서도 나는 의혹을 느낀 바 있소. 글쎄,
그런 위험 속에다 처자를, 저 소중한 인정의 근원을,
애정의 강한 매듭을 버리고 왔소. 작별 인사도 없이.
내 의심을 모욕으로는 생각하지 마시오. 이건 나의 자
기 방어일 뿐이니까요. 실은 대감이 옳은 분이실는지
모르지요. 내가 어떻게 생각하든.

맥더프 피를 흘려라 피를, 불행한 조국아! 무서운 학정아,
지반을 튼튼히 잡아라. 선도 이제는 너를 저지하지 못
하니 포악을 멋대로 하거라. 이제 너의 권리는 확인되
어 있으니. 이만 물러가겠습니다, 전하. 저는 전하가
의심하는 그런 악인이 되고 싶지는 않습니다. 저 폭군
이 쥐고 있는 전 국토와 풍요한 동방(東方)을 덧붙여
준다 하여도.

맬 컴 노하지 마시오, 대감을 의심해서 이런 말을 한 것은

아니외다. 나 역시 생각하고 있소. 조국이 압제 밑에 가라앉아, 울며 피를 흘리고, 이전의 만신창이에다 매일같이 새 상처를 더해 가고 있다고. 한편 또 생각하고 있소, 나를 위하여 궐기할 사람들도 있으리라고. 사실 인자하신 잉글랜드 왕으로부터 정예 수천의 원조 제의도 있었소. 그러나 다행히 나가서 저 폭군의 수급(首級)을 짓밟고, 또는 칼끝에 꿰뚫게 되더라도, 역시 불행한 조국은 전보다 더한 죄악을, 전보다 더한 갖가지 고난을 겪게 되리라, 새 계승자로 말미암아.

맥더프 새 계승자라뇨?

맬 컴 나 자신 말이오. 내가 알고 있지만, 이 몸에는 온갖 악덕이 접목(接木)돼 있어서, 그것들이 움트는 날이면 시커먼 맥베스도 백설처럼 순백하게 보일 것이오. 그리고 불행한 국민들은 그놈을 양같이 생각하게 될 것이오. 한없는 나의 악덕과 비교하여.

맥더프 무서운 지옥의 악마들 중에도 악에 있어선 맥베스를 능가할 놈은 있을 수 없습니다.

맬 컴 사실 그놈은 잔인·호색·탐욕·허위·사기·성급·악의 등등 이름을 가진 온갖 죄악이란 죄악을 죄다 지니고 있는 놈이오. 하나 나의 음욕으로 말하면 밑바닥이 없소. 남의 아내, 딸, 유부녀, 처녀, 이것들을 가지고도 내 정욕의 물통을 채우지는 못하오. 나의 욕정

은 만족을 방해하는 장애물을 모조리 넘치는 물로 떠
내려 보내고 말 것이오. 이러한 통치자보다는 그래도
맥베스가 낫소.

맥더프 한없는 방탕은 인성(人性)에 대한 일종의 포악입
니다. 이 때문에 행복한 왕좌는 뜻밖에 비워지고, 숱
한 국왕은 멸망을 당하였습니다. 그러나 당연한 권리
를 행사하시는 데 염려마십시오. 쾌락을 은밀히 얼마
든지 만족시키면서, 시치미를 딱 떼고 세상을 속일 수
도 있잖습니까. 자진하여 응해 올 여자도 얼마든지 있
습니다. 국왕의 의향을 눈치채면 스스로 몸을 바치는
여자는 부지기수, 아무리 탐욕해도 도저히 다 상대할
순 없는 일.

맬 컴 그뿐인가, 타고난 나쁜 근성 속에는 한없이 탐욕이
성장하여, 내가 왕이 되는 날엔 귀족들의 목을 베어
영지를 몰수하고, 갑의 보석 을의 저택을 탐내고, 뺏
으면 뺏을수록 탐욕은 구미를 돋우어서, 결국 부당한
시비를 걸어서 재산을 노려 충성스런 양민들을 멸망
케 하고 말 거요.

맥더프 그 탐욕은 여름철 같은 욕정보다 더 뿌리가 깊고,
더 유독합니다. 사실 오늘날 저 숱한 국왕들이 탐욕이
라는 칼에 쓰러지지 않았습니까. 허나 염려 마십시요.
스코틀랜드에는 전하 자신의 영지만으로도 전하의 욕

망을 충족시킬 만한 자원은 있으니까요. 그런 건 다른
미덕으로 보상만 되면 모두 문제가 아닙니다.

맬 컴　허나 그만한 미덕이 전혀 없소. 왕자다운 미덕, 가
령 공정·진실·절제·지조·관인·불굴·자비·겸손
·경건·인내·용기·강기 등등, 여사한 미덕은 전혀
안 가지고, 도리어 죄악이란 죄악은 죄다 지니고, 실
제 다방면으로 범하고 있소. 사실 나는 권력을 잡으면
화목의 단 젖은 지옥에 쏟고, 세계 평화를 교란하며,
지상의 온갖 질서를 혼란케 하리다.

맥더프　아, 스코틀랜드! 스코틀랜드!

맬 컴　그러한 인간도 통치할 자격이 있는지, 어디 말해 보
시오. 이 사람은 그러한 위인이오.

맥더프　통치할 자격, 천만에! 생존할 자격조차 없소. 아,
가련한 겨레! 피묻은 홀(笏)을 쥔 찬탈자의 지배를 언
제나 벗어나서 다시 편한 날을 볼 것인고? 왕실의 정
통(正統)은 계승권을 스스로 저주하며, 자기의 혈통을
비방하고 있잖은가. 부왕께서는 성자 같은 임금이셨
소. 그리고 생모(生母) 왕후(王后)께서는 서 있는 시간
보다 더 많이 신 앞에 꿇어앉아 내세를 위한 고행의
생활을 하셨소. 그럼 안녕히 계십시오! 전하가 친히
고백하신 그 악덕들 때문에 저는 스코틀랜드로부터
영영 추방되고 말았습니다. 아, 이 가슴아, 이제는 희

망도 끊어져 버렸구나!

맬 컴 맥더프 대감님, 그 고결한 비탄이 내 영혼에서 시커
먼 의혹을 씻어 주고, 내 마음은 대감의 성의와 명예
를 믿게 되었소. 저 악마 같은 맥베스가 각종 술책으
로 나를 손아귀에 넣으려 꾀하여 왔소. 그래서 나도
경솔히 사람을 믿지 않기로 경계해 온 것이오. 그러나
하느님, 이젠 우리 양인의 증인이 돼주옵소서! 이제부
터 나는 대감 지도에 따르고, 앞서의 욕설은 취소하겠
소. 그리고 내가 내 자신에 가한 결점과 비난은 나의
본성과는 전혀 무관함을 이 자리에서 맹세하겠소. 나
는 아직 여자를 모르는 동정이오. 위증은 해본 적이
없소. 내 물건조차 탐내 보지 않았소. 신의를 깨본 적
도 없소. 상대가 악마라도 배신하지 않았소. 진실을
생명처럼 애호하는 사람이오. 거짓말은 아까 그것이
생전 처음이오. 이 진실한 나를 이제 대감과 불행한
조국의 지시에 맡기겠소. 실은 대감이 이곳에 도착하
기 전에 노(老) 시워드가 장비를 갖춘 일만의 정예를
거느리고 이미 출동했소. 자, 우리도 같이 떠납시다.
성공의 기회는 우리의 대의명분과 일치하기를! 왜 아
무 말이 없소?

맥더프 희망과 절망이 이렇게 같이 찾아왔으니, 어떻게
조화시켜야 좋을는지.

전의(典醫)가 궁정에서 나온다.

맬 컴　그럼, 뒤에 또. (전의에게) 국왕께서 행차하시오?

전 의　예, 한떼의 불쌍한 사람들이 폐하의 치료를 기다리고 있답니다. 그들의 병은 고명한 의술로도 효험이 없으나 폐하께서 만지시면, 신의 영험(靈驗)을 받으신 손인지라 환자는 곧 나아 버립니다.

맬 컴　고맙습니다, 전의 선생님. (전의 퇴장)

맥더프　무슨 병 말인가요.

맬 컴　소위 연주창 말이오. 거 선왕(先王)이 행하는 비상한 기적을 나도 잉글랜드에 온 후 자주 목격했소. 어떻게 하여 그런 영험을 얻으셨는지 왕 자신만이 알고 계십니다. 하여튼 괴상한 병에 걸려, 차마 볼 수 없을 정도로 부어서 곯고, 의사도 속수무책인 환자들을 국왕은 치료하십니다. 환자 목에 금화 한 닢을 걸어 주고, 성스런 기도를 해주심으로써. 그리고 듣자니 이 복된 요법은 대대 국왕에 물리신다 하오. 이 신기한 영험뿐 아니라 천부의 예언력까지도. 이렇게 갖가지 축복이 옥좌를 둘러싸고 있은즉, 이는 국왕이 신의 축복을 받고 계신 증거입니다.

로스 등장

맥더프　저기 누가 옵니다.

맬 컴 고국 사람이오. 허나 누군지 모르겠소.

맥더프 아, 누구시라고, 잘 오셨소.

맬 컴 아, 이젠 알았소. 하느님, 우리들 동포 사이를 소원
   케 하는 원인을 속히 제거해 주소서!

로 스 아멘!

맥더프 스코틀랜드는 역시 같은 형편이오?

로 스 아 비참한 조국, 제 모습을 알리기조차 두려워하는!
   모국이라기보다는 무덤입니다. 천치 아니고는 누구 하
   나 웃는 낯을 보이는 사람이 없습니다. 하늘을 찢는
   탄식·신음·규탄 등이 들려도 아무도 관심을 갖지
   않습니다. 격심한 비탄도 예사로운 수작으로밖에는 보
   이지 않습니다. 장례식 종소리가 울려도 누가 죽었는
   지 물어 보는 사람조차 없습니다. 선량한 사람들의 목
   숨은 모자에 꽂은 꽃보다 쉽게 시들고, 병도 안 걸린
   채 죽어 갑니다.

맥더프 아 너무 상세한, 그러나 너무도 진실한 얘기!

맬 컴 최근의 참사(慘事)는?

로 스 한 시간 전의 참사를 얘기하는 사람은 조롱을 당합
   니다. 일 분마다 새 참사가 일어나고 있습니다.

맥더프 내 아내는?

로 스 그저, 무사하십니다.

맥더프 애들은?

로 스 역시.

맥더프 폭군도 내 처자의 평화를 깨뜨리지는 않았군요?

로 스 예, 다 무사합니다, 나와 작별할 때까지는.

맥더프 왜 그렇게 말씀이 인색하오? 대체 어떻게 돼가고
있소?

로 스 제가 슬픈 소식을 듣고 이곳에 올 때 들은 소문인
데, 수많은 의사(義士)들이 궐기했답니다. 현재 폭군의
병력이 출동한 것을 보아도, 이 소문은 더욱 사실인
것 같습니다. 마침내 도와야 할 시기는 왔습니다. 전
하께서 나타나시기만 하면 병력은 생기고, 여자들까지
싸울 것입니다, 비참한 고통을 제거하기 위하여.

맬 컴 이제는 동포들이 안심해도 좋소. 이제 우리는 조국
을 향하여 출발할 참이오. 인자하신 잉글랜드 왕은 명
장 시워드와 일만의 병력을 빌려 주셨소. 그만한 노
명장은 기독교 천지에 둘도 없는 분이오.

로 스 아아, 뜻밖의 이 기쁜 소식에 같은 기쁜 보고를 할
수 있다면 얼마나 좋겠습니까? 하지만 제 소식은 들
을 사람도 없는 황야에서나 외쳐야 할 성질입니다.

맥더프 대체 무슨 내용이오? 일반적인 것이오, 그렇지 않
으면 어떤 개인에 관한 개인적인 슬픔이오?

로 스 참된 사람이면 누구나 다 그 슬픔을 다소는 같이하
지 않을 수 없을 것입니다. 그러나 주로 대감 개인에

관한 것입니다.

맥더프 나에 관한 것 같으면, 숨기지 말고 얼른 말씀해 주시오.

로 스 대감의 귀가 언제까지나 저의 혀를 원망하지 마시기를! 생전 처음 들어 보시는 슬픈 소식을 들려 드려야 하겠습니다만.

맥더프 음, 짐작하겠소.

로 스 대감의 거성은 습격을 당하고 부인과 어린 자제들은 참살당했습니다. 그 광경을 설명했다가는 저 참살당한 사슴들 시체 위에 대감의 시체까지 쌓는 격이 되겠습니다.

맬 컴 아아, 하느님! 이것 보시오. 그렇게 모자로 얼굴을 가리지 말고 슬픔을 토하시구려. 토할 길 없는 슬픔은 벅찬 가슴에 속삭이고, 마침내 가슴을 터지게 하고 마니까.

맥더프 어린 것들까지.

로 스 예, 부인·어린애·하인, 눈에 띄는 대로 모조리.

맥더프 그런데 나는 그곳을 떠나 있어야 하다니! 아내도 참살당했다고?

로 스 예, 그렇습니다.

맬 컴 진정하시오. 자, 대복수의 약을 조제해서 죽음 같은 이 비통을 치료합시다.

맥더프   음, 그자는 자식들이 없으니까. 귀여운 애들을 모조리라고 하셨지? 오, 지옥의 독수리 같으니! 모조리? 귀여운 병아리와 어미닭을 단번에 채가다니!

맬 컴   대장부답게 참으시오.

맥더프   참으리다. 하지만 대장부 역시 슬퍼할 수밖에요. 돌이켜 생각하지 않을 수 없구려. 내게는 보배 같은 처자들이었던 일을. 하늘은 가만히 방관만 하였단 말인가? 죄많은 맥더프 같으니. 나 때문에 모두들 참살당하잖았는가! 나는 나쁜 놈이구나. 아무 죄도 없이 살육이 떨어지다니, 내 죄 때문에. 신이여, 그들 영혼 위에 안식을!

맬 컴   이 일을 칼을 가는 숫돌로 삼고, 슬픔을 분노로 돌리시오. 마음을 무디지 않게 분발시키시오.

맥더프   아, 눈으로는 여자같이 울고, 혀로는 허풍쟁이같이 떠들 수 있다면 얼마나 좋겠소! 그러나 하느님, 온갖 지체를 단축시켜 속히 저를 저 스코틀랜드의 악마와 맞서게 하여, 그놈을 이 칼이 닿는 곳에 갖다 놓아 주소서. 만약 그 칼을 피한다면 그때는 그놈을 용서해 주셔도 좋습니다.

맬 컴   참 대장부다운 말씀이오. 자, 국왕 어전으로 가봅시다. 군대는 출동 대기중이오. 이제 작별인사만이 남았소. 맥베스는 다 익어 있으니 흔들면 떨어지오. 천사의 군대가 우리를 격려하고 있소. 기운을 돋웁시다.
아무리 긴 밤이라도 세벽을 막지는 못합니다. (퇴장)

제 5 막

제 1 장

던시네인 성의 한 방.
시의(侍醫)와 시녀 등장.

시 의 이틀 밤이나 같이 지켜 보았으나 댁의 얘기 같은
사실은 볼 수 없구려. 대체 왕비께서 그렇게 걸어다닌
것은 근래 언제 적 일이오?

시 녀 임금님이 출진하신 후부터 목격해 왔어요. 왕비께
서는 침상에서 일어나셔서서 자리 옷을 걸치시고는, 무
엇을 써서 읽어 보신 다음에 봉해 가지고 침상으로
돌아가셨어요. 그런데 그 동안 쭉 깊은 잠결이시라니
까요.

시 의 심한 정신 착란인가 보오. 수면의 은혜를 받는 동시
에 생시같이 행동을 하시다니! 그런데 그 몽유(夢遊)
상태로 걸어다니면서 여러 가지 일들을 하실 때에 무
슨 말씀을 하시는 것을 들은 적은 없소?

시 녀 예, 하지만 말씀드리기 거북한 내용이에요.

시 의 내게야 상관없잖소, 얘기를 하시죠.

시 녀 안 돼요. 선생님께나 누구에게나 제 얘기를 보증할
사람은 아무도 없는걸요.

맥베스 부인, 촛불을 들고 등장

시 녀 저것 보세요, 나타났습니다! 바로 저런 모양이에요. 정
　　　말이지 깊은 잠결이라니까요. 좀 보세요, 여기 숨어서.

시 의 저 촛불을 어떻게 손에?

시 녀 머리맡에 있는 촛불이에요. 머리맡에 켜두라는 분부
　　　를 하시거든요.

시 의 저것 봐요, 눈은 떠 있군?

시 녀 예, 하지만 의식은 닫혀 있어요.

시 의 대체 저게 무슨 짓인가요? 저렇게 손을 문지르고
　　　계시는데.

시 녀 저렇게 늘 손을 씻는 시늉을 해요. 저짓을 십오 분
　　　가량이나 계속하는 경우도 있어요.

맥베스 부인 아직도 여기에 흔적이.

시 의 가만, 말을 하시는군! 하시는 말을 적어 두어야겠군,
　　　기억을 충분히 뒷받침하기 위하여.

맥베스 부인 지워져라, 망할 흔적 같으니! 지워지라니까!
　　　하나, 둘, 두 시다. 이제 단행할 시간이다. 지옥은 캄캄
　　　하기도 하네! 아니, 여보, 무인(武人)이 다 겁을 내세
　　　요. 누가 알까 봐 겁낼 건 없잖아요? 우리의 권력을
　　　시비할 자는 없잖아요? 하지만 그 늙은이가 그렇게
　　　피가 많을 줄이야 누가 생각인들 했겠어요.

시 의 (시녀에게) 듣고 있소?

맥베스 부인 파이프 영주는 아내가 있었지. 그 부인은 지금 어디 있을까? 제길, 이 손은 도저히 말끔히 씻어지지 않는단 말인가? 그만두세요, 이제 제발 그만두세요. 그렇게 겁을 내심, 일을 다 망치고 만다니까요.

시 의 저런, 저런, 알아서는 안 될 일을 알고 말았군.

시 녀 참 안 하실 말씀을 하시겠지요. 그것은 아는 사람이나 알 내용입니다.

맥베스 부인 아직도 피비린내가 나는구나. 아라비아 천지의 온갖 향수를 가지고도 이 작은 손 하나 말끔히 씻어내지 못하겠구나. 아! 아! 아!

시 의 무슨 탄식이 저러실까! 마음이 무거우신 모양이군.

시 녀 온몸에 여왕의 권위를 가진다 해도 가슴에 저런 마음을 갖는 건 싫어요.

시 의 옳지, 옳지, 옳지…….

시 녀 부디 낫게 해드리세요, 선생님.

시 의 이 병은 내 힘으로는 고칠 도리가 없구려. 하긴 몽유병자 중에도 편안히 운명한 분들이 없지도 않습니다만.

맥베스 부인 손을 씻고 자리옷을 입으세요, 그렇게 질린 얼굴은 하지 마시고. 뱅코는 이미 땅 속에 잠든 사람이니까요. 무덤에서 살아나올 수는 없잖아요.

시 의 그렇게까지?

맥베스 부인　자, 침실로. 누가 문을 노크하고 있군요. 자,
　　　자, 자, 손을 이리. 해버린 일은 어떡할 수 없잖아요.
　　　자, 침실로 가서 쉽시다.

시 의　이젠 침실로 가시는가요?

시 녀　예, 곧장.

시 의　흉한 소문이 퍼지고 있소. 순리를 어기면 부자연한
　　　혼란이 생기게 마련이오. 병이 든 마음은 귀 없는 베
　　　개에다 심중의 비밀을 누설하는 법. 왕비에게는 의사
　　　보다도 목사가 더 필요하오. 하느님, 우리 중생(衆生)
　　　을 용서하소서! 잘 돌보아 드리시오. 위험한 도구일랑
　　　곁에서 치우고 항상 지켜 보시오. 그럼, 안녕. 내 의식
　　　은 희미해지고 눈은 혼란해져 버렸어. 생각은 있어도
　　　말할 수는 없구려.

시 녀　선생님, 안녕히. (퇴장)

제 2 장

던시네인 부근의 시골.
북과 군기를 든 병사들에 이어, 메티스, 케드네스, 앵거스, 레녹
스, 병사들 등장.

메티스　잉글랜드 군은 다가오고 있소, 맬컴과 그의 숙부
시워드, 그리고 용감한 맥더프의 지휘 아래. 그분들은
복수심에 불타고 있소. 사실 그분들의 절실한 원한을
안다면, 차디찬 시체라도 분기하여 처참한 공격에 참
가할 거요.

앵거스　아마 버넘 숲 근처에서 우리와 만나게 될 것 같소.
저 길로 진격해 오는 걸 보니.

케드네스　도널베인 왕자가 그 형님과 같이 있는지, 누구
아시오?

레녹스　분명히 같이 있지는 않소. 나는 명문 출신 전부의
명부를 가지고 있소. 그 중에는 시워드의 영식을 비롯
하여 아직 수염도 나지 않은 수많은 미성년들이 끼어
있소.

메티스　폭군의 정세는?

케드네스　던시네인 성의 방비를 강화하고 있다고 하오.
광란했다고 보는 사람도 있지만, 좀 덜 증오하는 사람

들은 그것을 맹분(猛憤)이라고 하오. 아무튼 그 광란
한 마음을 자제심의 혁대 안에 죄어 둘 수 없는 것만
은 분명하오.

앵거스 이젠 그도 느낄 거요, 손에 달라붙은 비밀의 살육
을. 지금 시시각각 반란이 일어나 그의 반역을 책하고
있소. 그의 휘하는 할 수 없이 명령에 움직이고 있을
뿐, 절대로 충성심에서가 아니오. 지금은 그도 느끼고
있을 거요. 거인의 옷을 난쟁이가 훔쳐 입은 격으로
왕의 칭호도 몸에 헐렁함을.

메티스 하긴 그자의 난심이 위축, 질겁하는 것도 무리는
아니죠. 그자의 마음 자체가 자기 존재를 저주하는 판
이니까.

케드네스 자, 그럼 진군하여 정당한 분에게 충성을 바칩
시다. 병든 이 나라를 치료할 국수(國手)를 어서 만나,
그분과 더불어 나라를 정화하기 위하여 최후의 한 방
울까지 우리의 피를 바칩시다.

레녹스 예, 충분히 피를 바쳐 군주의 꽃을 이슬로 적시고,
잡초를 송두리째 없애 버립시다. 자 그럼, 버넘으로
진군합시다. (진군하며 퇴장)

제 3 장

던시네인 성의 안뜰.
맥베스, 시의, 시종들 등장.

맥베스 보고는 그만 가져와. 달아날 놈은 다 달아나. 버넘
숲이 던시네인으로 움직여 오지 않는 한, 겁날 것은
하나도 없다. 애송이 맬컴이 다 뭐냐? 여자 몸에서 태
어난 놈이 아닌가? 인간의 운명을 다 알고 있는 정령
들이 내게 확언한 바 있다. '염려 말라 맥베스, 여자가
난 자로 그대한테 이길 자는 없는니'라고. 그러니 믿
지 못할 영주들아, 멋대로 달아나서 잉글랜드의 놈팡
이 놈들과 한패가 되려무나. 내가 좌우하는 의지가,
내가 지닌 용기가, 의심·불안 따위 때문에 꺾일까 보
냐. 흔들릴까 보냐.

하인 등장

맥베스 이놈아, 악마한테 시커멓게 화장되지 못하고! 그
새파래진 낯짝이 뭐냐. 병신 같으니! 어디서 그런 거
위 같은 쌍통을 주워 왔어?
하 인 약 일만의······.
맥베스 거위가, 응?

하 인 적의 군사 말입니다.

맥베스 그 낯바대기를 찔러서 얼굴에 피라도 통하게 해, 겁쟁이놈 같으니. 무슨 군사 말이냐, 못난 놈아? 뒈져 버려! 그 배바닥 같은 낯짝은 겁이 난 증거지 뭐냐. 무슨 군사 말이냐, 낯짝이 창백한 녀석아?

하 인 잉글랜드의 군사 말입니다, 황송합니다.

맥베스 그 낯짝, 썩 꺼지지 못해. (하인 퇴장) 여봐라, 시튼! (명상에 잠겨서) 속이 메스껍다니까, 그런 낯짝을 보면. 여, 시튼, 거기 없느냐? 이번 일전으로 나는 영원히 기쁨을 누리거나, 몰락을 당하거나다. 이제는 살 만큼 살았어. 내 생애도 황색 낙엽기다. 더구나 노년의 벗이라 할 명예·애정·복종·교우 같은 것은 나와는 전혀 인연이 없다. 아니 반대로 소리는 낮으나 뿌리 깊은 저주·아첨·빈말 따위가 달라붙는데, 물리치고 싶어도 마음이 약해서 어디 물리칠 수가 있어야지. 여, 시튼!

시튼 등장

시 튼 무슨 분부십니까?

맥베스 그 뒤의 정세는?

시 튼 보고는 다 사실임이 판명되었습니다.

맥베스 음, 싸워야지, 이 뼈에서 살이 깎여질 때까지. 갑옷을 줘.

시 튼 아직은 그렇게까지 하실 필요가 없습니다.

맥베스 아니다, 입을 테다. 기마대를 더 내서, 전국을 순찰
시켜라. 비겁한 놈들은 교수형에 처해 버려라. 당장에
갑옷을 가져오라니까. (시튼, 갑옷을 가지러 나간다)
시의, 환자의 동정은 어떠한가?

시 의 예, 병환이라기보다는 격심한 망상에 고민하고, 따
라서 안식을 얻지 못하는가 봅니다.

맥베스 그러기에 그걸 고쳐 달라는 거요. 그래 마음의 병
을 치료할 수는 없단 말이오? 뿌리 깊은 근심을 기억
에서 뽑아내고, 뇌수에 찍혀진 고뇌를 지워 줄 수는
없단 말이오? 상쾌하고 감미로운 망각(忘却)의 잠자리
에 뉘어서, 마음을 짓누르는 위험물을 답답한 가슴속
에서 없애 줄 좋은 약은 없단 말이오?

시 의 그 점은 환자 자신이 치료해야 됩니다.

시튼이 갑옷을 들고 무구(武具) 담당자와 함께 등장. 무구 담당
자는 곧 맥베스에게 갑옷을 입히기 시작한다.

맥베스 의술 따위는 개에게나 던져 줘, 내게는 필요없으
니. 자, 갑옷을 입혀 다오. 지휘봉을 이리 다오. 시튼,
군대를 파견해라. 시의, 영주들이 도주하고들 있어. 자,
어서 입혀…… 시의, 당신 힘으로 이 나라를 검뇨(檢

尿)하여 병중을 짚어내고 독을 완전히 씻어내고 다시 회복시킬 수 있다면 나는 당신을 찬양하겠소. 그 찬양 소리가 메아리로 울리고, 그 메아리가 다시 이쪽으로 울려 올 정도로—그것을 벗기라니까—대황(大黃)이나 완하제(緩下劑) 또는 다른 어떤 하제라도 써서 잉글랜드 놈들을 이곳에서 쓸어낼 도리는 없을까? 그놈들 소문을 들었소?

시 의 예, 들었습니다. 전하의 전쟁 준비를 보고 저희들도 소문을 들었습니다.

맥베스 그 갑옷은 나중에 가져와. 이제는 죽음도 파멸도 무섭지 않아. 버넘 숲이 던시네인으로 옮겨 오지 않는 한. (맥베스 퇴장, 시튼은 무구 담당자와 함께 뒤따라 퇴장)

시 의 어서 이 던시네인에서 탈출했으면. 아무리 좋은 수가 생긴다 해도 누가 다시 돌아올까 보냐. (퇴장)

제 4 장

　　버넘 숲 부근의 시골.
　　북과 군기. 맬컴, 시워드, 맥더프, 시워드의 아들, 메티스, 케드
　　네스, 레녹스, 로스, 병사들 진군하며 등장.

맬 컴　여러분, 이젠 안방에서 편히 쉴 날도 머지않은 것
　　같소.

메티스　그것은 의심할 여지가 없습니다.

시워드　저기 저 숲은?

메티스　버넘 숲입니다.

맬 컴　병사들에게 각각 나뭇가지를 하나씩 꺾어서 들게
　　합시다. 그렇게 하면 이쪽 병력은 숨겨지고, 적의 척
　　후병은 오보를 가져갈 것이오.

병 사　예, 잘 알았습니다.

시워드　추축건대 자신이 만만한 폭군은 던시네인에서 농
　　성하며 아군의 포위를 대기하고 있는 모양이오.

맬 컴　그것만이 그놈의 유일한 희망이거든요. 기회만 있
　　으면 상하가 다 반란을 일으키니. 이세는 할 수 없이
　　붙어 있는 자들밖에 없는데, 그자들의 마음 역시 비어
　　있소.

맥더프　우리 쪽 판단의 정확 여부는 경과로써 판명되리라.

하여튼 우리는 용사의 직분을 다합시다.

시워드 때는 다가오고 있소. 우리의 예상과 전과(戰果)를
정확히 심판하여 알려 줄 그때가. 흔히 불확실한 희망
적 관측을 하지만. 확실한 결과는 전투가 판정할 성질
이오. 자, 전투를 향해 진군합시다. (모두, 진군하면서
퇴장)

제 5 장

던시네인 성 안의 안뜰.
맥베스, 시튼, 북·군기 등을 든 병사들 등장.

맥베스 군기를 바깥 성벽에 매달아라. '적이 온다!'고 여전한 저 함성. 이 성은 난공불락, 포위가 다 뭐냐. 내버려 둬, 기아와 질병한테 다 잡아먹힐 때까지. 역도(逆徒)들만 놈들에게 가세하지 않았던들 이쪽에서 쳐나가서 수염을 맞대고 싸워, 놈들을 제 나라로 쫓아 버릴 수 있었을 것 아닌가. (안에서 여자들의 비명) 저 소리는?

시 튼 부인들의 울음소립니다. (퇴장)

맥베스 이제는 공포의 맛도 거의 다 잊어버렸어. 밤에 비명을 들으면 오감이 서늘해진 시절도 있었지. 무서운 이야기를 들으면 머리칼이 살아 있는 양 삐쭉 서서 움직이던 때도 있었어. 공포는 실컷 맛본 나다. 이젠 살인의 기억도 예사가 되고 아무리 무서운 일에도 나는 끄떡하지 않거든.

시튼 다시 등장

맥베스 무엇 때문에 우는 소리냐?

시 튼 왕비께서 운명하셨습니다.

맥베스 이제가 아니라도 어차피 죽어야 할 사람. 한번은 그런 소식이 있고야 말 것이 아닌가. 내일, 내일, 또 내일은 매일매일 살금살금 인류 역사의 최종 음절(音節)까지 기어가고 있고, 이제라는 날들은 다 바보들에게 무덤으로 가는 길을 비쳐 왔거든. 꺼져라 꺼져, 짧은 촛불아! 인생이란 한낱 걷고 있는 그림자, 가련한 배우. 제 시간엔 무대 위에서 활개치고 안달하지만, 얼마 안 가서 영영 잊혀져 버리지 않는가. 글쎄 천치가 떠드는 이야기 같다고나 할까. 고래고래 소리를 친다, 아무 의미도 없이.

사자 등장

맥베스 혓바닥을 놀리러 왔구나, 냉큼 말해 봐라.

사 자 전하, 이 눈으로 확실히 본 일을 사뢰야겠습니다. 그러나 어떻게 사뢰야 좋을지요.

맥베스 음, 말해 봐라.

사 자 소인이 언덕 위에 망을 서서 버넘 쪽을 바라보고 있는데, 느닷없이 숲이 움직이는 듯싶었습니다.

맥베스 고얀 거짓말쟁이 같으니!

사 자 사실이 아니라면 어떠한 노여움이라도 감수하겠습니다. 삼 마일 이내의 지점에서 확실히 이쪽으로 오고 있습니다. 하여튼 숲이 움직이며 오고 있습니다.

맥베스 거짓말이면 근처 나무에다 너를 산 채로 매달아 굶어죽게 할 테다. 네 말이 사실이라면, 네가 나를 그렇게 해도 좋다. 내 결심이 흔들리는구나! 악마들이 그럴 듯하게 참말같이 꾸며대어 거짓말을 한 게 아닐까. '염려 말 것, 버넘 숲이 던시네인에 오지 않는 한'이라고. 그런데 지금 버넘 숲이 던시네인으로 온다잖는가. 무기를, 무기를, 무기를, 자, 출격! 저놈이 한 말이 사실이라면 이젠 피할 수도 지체할 수도 없다. 이젠 태양도 보기 싫어졌어. 이 세상의 질서가 무너져 버렸으면! 경종을! 바람아, 불어라! 파멸이여, 오라! 적어도 갑옷이나 등에 지고 죽자. (허둥지둥 퇴장)

제 6 장

던시네인 성문 앞.
북과 군기. 맬컴, 시워드, 맥더프, 휘하 군대, 나뭇가지를 앞에
들고 등장.

맬 컴 자, 다 왔소. 이제는 잎새의 위장물을 다 내던지고,
원래 모양을 나타내오. 숙부님은 저의 사촌인 아드님
과 더불어 제1진을 지휘해 주십시오. 맥더프와 저는
나머지 전부를 맡겠습니다, 작전 계획대로.

시워드 잘 가오. 오늘 밤 폭군 군대를 만나면 분전해야지,
최후까지

맥더프 나팔을 불어라, 힘차게. 유혈과 살육을 요란히 전
주하는 나팔을.

나팔 불며 진군

제 7 장

같은 장소.
맥베스, 성에서 나온다.

맥베스 나는 말뚝에 매여져 있는 격이다. 달아날래야 달
아날 수가 있어야지. 이젠 곰같이 발광을 해줄 수밖에.
대관절 어떤 놈이 여자 몸에서 태어나지 않았단 말이
냐? 그런 놈밖엔 난 무서운 놈이 없다.

젊은 시워드 등장

젊은 시워드 뭐냐, 네 이름은?

맥베스 들으면 넌 질겁할 거다.

젊은 시워드 천만에. 지옥의 악마보다 더 무서운 이름을
대어 외워도 무서울 건 없다.

맥베스 내 이름은 맥베스다.

젊은 시워드 악마가 제 이름을 대도 내 귀에는 이보다는
밉살스럽지 못할 거다.

맥베스 음, 그렇다. 과연 무서운 이름이다.

젊은 시워드 거짓말 마라. 흉악한 폭군아! 이 칼로 네 거
짓말을 증명해 보이리라. (두 사람이 맞싸운다. 젊은
시워드 살해당한다)

맥베스 너도 여자한테서 난 놈인데, 놈이 휘두르는 칼이
라면 모두 우습다.

맥베스 퇴장, 안에서 전투 소리, 맥더프 등장.

맥더프 저쪽에서 소동이. 폭군아, 낯을 드러내라! 네가 내
칼에 죽지 않으면 나는 처자의 망령한테 영원히 괴로
움을 받을 것 아니냐. 고용되어 창을 든 비참한 민병
(民兵)을 베어서 무엇하랴. 맥베스, 네놈이 상대가 아
니면 칼날도 멀쩡히 무의미한 채 칼집에 도로 들어갈
수밖에. 저기 있나 보다, 저 요란한 소리는 어떤 큰 놈
이 있는 증거. 운명이여, 그놈을 만나게 해다오! 그 이
상은 더 바라지도 않을 테다. (맥베스를 쫓아 퇴장. 경
종 소리)

맬컴과 노 시워드 등장.

시워드 이쪽이오. 성은 간단히 함락되었소. 폭군의 부하들
은 두 파로 분열이 되어 맞싸우고, 영주들도 분전중이
오. 오늘의 승리는 거의 왕자님의 것, 이젠 할 일도 거
의 없는 것 같소.
맬 컴 적병들을 만났는데, 다들 마지못해 싸우는 형편이오.
시워드 자, 입성하시오. (모두 성문 안으로 들어간다. 경종
소리)

제 8 장

같은 장소.
맥베스 등장.

맥베스 왜 내가 로마의 못난이들같이 자결을 해야 한담?
살아 있는 적이나 눈에 띄는 대로 베는 것이 최선이
아니겠는가.

맥더프가 뒤를 쫓아 등장.

맥더프 돌아서라 지옥의 마귀 같으니, 돌아서라.

맥베스 적 중에서 너만은 피해 오던 참이다. 도망가라, 자.
내 영혼은 이미 네 일족의 피로 짐이 너무 무겁다.

맥더프 말할 필요도 없다. 이 칼이 내 말을 대신하리라.
말로는 형용 못할 이 극악인 같으니! (두 사람 맞싸운
다. 경종 소리)

맥베스 헛수고 마라. 이 몸은 칼이 통하지 않아, 대기에
칼자국을 낼 수 있는 예리한 칼로 베면 몰라도. 그 칼
로 칼날이 들어가는 머리나 베려무나. 내 생명은 마력
이 들어 있어. 여자가 낳은 놈한테는 절대 굴복하지
않는다.

맥더프 그까짓 마력은 단념해. 네가 늘 믿어 온 마녀한테

물어 봐라. 이 맥더프는 달이 차기 전에 어머니 배를 가르고 나온 사람이다.

맥베스 그따위 말을 하는 혓바닥은 저주나 받아라! 그 말 한마디에 내 용기는 질리고 말았어. 요술쟁이 악마들 같으니, 이젠 누가 더 믿을까 보냐. 이중의 의미로 사람을 속여 약속을 지키는 척하다 막판에 와서 깨뜨리다니. 맥더프 너와는 싸우기 싫다.

맥더프 비겁한 자야, 살려 줄 테니 썩 항복해. 세상의 웃음거리나 되어라. 진기한 괴물인 양 네 화상을 막대기 끝에 걸어 가지고, 그 아래에다 '폭군을 보라'고 써 붙이겠다.

맥베스 누가 항복할까 보냐! 풋내기 맬컴의 발목 앞에서 땅을 핥고, 어중이떠중이들의 저주에 욕을 보지는 않을 테다. 설사 버넘 숲이 던시네인으로 오더라도, 그리고 여자가 낳지 않았다는 네가 대적할지라도, 아무튼 최후의 힘을 다해 볼 테다. 네 앞에다 이렇게 방패를 내던지겠다. 자, 오라. 맥더프, 도중에서 잠깐 '손들었어' 하고 우는 소릴 하면 지옥행이다. (두 사람 성벽 아래서 격전을 벌인다. 이윽고 맥베스는 살해되고 만다)

제 9 장

성내.
전투 중지의 나팔 소리, 고수와 기수, 맬컴, 시워드, 로스, 영주
들, 그리고 병사들 등장.

맬 컴　지금 여기 보이지 않는 전우들이 무사히 돌아와 주
　　　었으면 좋겠는데.

시워드　약간의 희생은 부득이한 일이오. 그러나 이만한
　　　대승에 희생은 극히 적은 것 같습니다.

맬 컴　맥더프가 보이지 않는구려. 그리고 시워드님의 아
　　　드님도…….

로 스　영식은 무인(武人)의 부채를 청산하셨답니다. 그분
　　　은 겨우 도달한 성년의 처지로, 일보도 물러나지 않고
　　　분전하여, 무용(武勇)으로 대장부임을 실증하자마자
　　　용사답게 전사하였습니다.

시워드　전사하였다고?

로 스　예, 유해는 이미 수용해 놓았습니다. 전사의 슬픔을
　　　영식의 인격으로 계량하지 마십시오. 그렇게 계량하시
　　　면 슬픔은 한이 없습니다.

시워드　상처는 정면에 있었던가!

로 스　예, 이마에.

시워드 아, 그렇다면 신의 용사가 되렷다! 가령 이 두상의
머리칼 수만큼 자식들을 많이 가졌다 해도, 그보다도
더 장한 죽음을 바라진 않겠소. 이젠 그애의 장례의
종이 울려진 셈이오.

맬 컴 더 애도해 주어야 합니다. 내가 대신 애도해 주겠습
니다.

시워드 이것으로 충분하오. 용감히 싸워 무인의 의무를
다했다잖소. 오직 신의 가호를 빌 뿐이오! 저기 새 기
쁜 소식이 오는구려.

맥더프, 맥베스의 목을 장대에 꿰어들고 등장.

맥더프 국왕 만세! 이젠 국왕이십니다. 보십시오, 왕위 찬
탈자의 가증할 수급입니다. 이제는 천하태평. 진주 같
은 이 나라의 정수들은 지금 폐하의 주위에 둘러서서,
저와 같은 축하를 마음속에 외치고 있습니다. 자, 다
들 같이 소리 높이 외칩시다. 스코틀랜드 국왕 만세!

모 두 만세, 스코틀랜드 국왕! (우렁찬 나팔 소리)

맬 컴 많은 시일을 지체 않고 여러분의 충성을 각각 헤아
려서 응분의 보답을 할 작정이오. 나의 영주들과 근친
들, 지금 여러분을 백작으로 봉하노니, 이는 스코틀랜
드가 처음 수여하는 칭호가 되겠소. 이제 앞으로 시국
에 맞추어 새로 확립시켜야 할 일인즉, 가령 경계 엄

한 폭군의 함정을 피하여 해외로 망명한 친구들을 불러온다든가, 참수된 이 학살배와 제 손으로 횡포하게 생명을 끊었다는 마귀 같은 왕비의 잔학한 수하들을 잡아낸다든가, 그 밖의 모든 필요한 일들을 신의 가호 아래 수단·시간·장소를 가려 실행하겠소. 끝으로 여러분 모두에게, 그리고 한분 한분께 감사하오. 그럼 스코운에서 거행될 대관식에 참석해 주기 바라오. (우렁찬 나팔 소리. 모두 행진하여 퇴장)

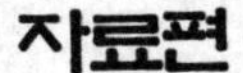

자료편

셰익스피어의 생애

우리가 알고 있는 셰익스피어의 생애는 그의 작품 세계와도 일치한다. 그의 천재는 상식에 뿌리박고 있고, 이러한 현실적 사고 방식에 근거한 그의 천재적 상상은 낭만적 환상보다 월등히 높은 차원을 날고 있다.

엘리자베스 시대의 전기관(傳記觀)으로 보든지, 또는 그 당시 극작가의 미천한 사회적 위치라는 점에서 볼 때, 셰익스피어는 비교적 놀랄 만큼 풍부한 전기(傳記)의 자료를 남겨 두고 있다.

첫째 자료는 교회, 관공서, 궁정 등에 남아 있는 기록이고.

둘째 자료는 동시대인(同時代人)들이 셰익스피어에 내해서 인급힌 기록.

셋째 자료는 전해져 내려오는 전설이다.

여기에 그의 작품 또한 주요한 자료가 된다. 이것은 다른 작가들의 경우처럼 작품 안에 자서전적인 요소가

들어 있다는 뜻이 아니라, 작품 전체를 일관하여 흐르고 있는 셰익스피어의 정신, 또는 그의 내면적인 상(像)을 그의 작품이 가장 감동 깊고 여실하게 나타내고 있다는 뜻이다.

유년 시대

윌리엄 셰익스피어는 1564년 4월 26일 스트래트퍼드 온 에이븐 교회에서 세례를 받았다. 세례에 얽힌 당시의 사항들로 미루어 볼 때, 그의 탄생 날짜는 23일로 추측되고 있다. 그의 죽음의 날짜 또한 공교롭게도 1616년 4월 23일이었다. 그의 아버지 존 셰익스피어는 다른 고장에서 이 고장으로 이사를 와 잡화상·푸주·양모상(羊毛商) 등을 경영하여 부유했고, 시(市)의 재무관(財務官)과 시장까지 지낼 정도로 사회적인 지위가 있었다.

그는 이렇게 축재의 수완에다 사회적인 출세의 수완까지 겸해 가진 인물이었다. 그는 슬하에 자녀를 열 명이나 두었다. 그 셋째가 윌리엄 셰익스피어였다. 그의 교육 과정은 그 고장의 그래머 스쿨을 채 끝마치지 못하고 5학년 과정에서 중퇴했었으리라고 추측되고 있다. 그런데 셰익스피어가 그래머 스쿨조차 모두 마치지 못하게 된 데 대해서는, 가세가 기울어진 탓으로 보고 있다. 시인 벤 존슨은 후일 셰익스피어를 가리켜 '라틴어는 겨우 조금 알고, 그리스어는 거의 모르는 사람'이라고 평한 바 있다. 그러나 셰익스피어는 그래머 스쿨에서 익힌 라틴어를 토대로 라틴 고전들을 충분히 읽어낼 만큼 명민한 두뇌의 소유자였다.

셰익스피어의 아버진 존은 시장 시절에 서명을 클로버잎으로 대신했었다고 한다. 그것은 그가 무학(無學)이었던 탓이라고 보는 학자들도 있지만, 아무튼 그의 경력은 여러 가지로 드라마틱하다. 그의 가문 쇠퇴는 당시의 국내에 격동하는 정치정세 때문이었을 것이라는 설이 있다. 존은 경건한 구교 신자였다. 그러던 것이 헨리 8세의 성공회(聖公會)로의 종교개혁으로 말미암아 구교도는 타격을 받지 않을 수 없게 되었다. 아마 가정의 이러한 몰락에 자극받아 출세를 위해 셰익스피어는 상경을 했을지도 모른다.

이리하여 그의 부모의 신앙과 관련하여 셰익스피어 개인의 신앙은 과연 구교였겠느냐, 신교였겠는냐, 또는 무신론자였겠느냐 하는 논쟁이 자연 열을 띠게 되었다.

이 고장에는 대학에 유학중인 자제들이며 대학 출신의 지식인들도 상당수 있었다. 셰익스피어는 그래머 스쿨을 중퇴하게 되자, 어떤 변호사의 법률 사무소 서기로 취직했다. 머리가 명석한 셰익스피어는 아마 이 서기 시절에 법률 서적을 맹렬히 읽었을 것이다. 예민한 관찰력과 정확한 판단력을 가지고 그는 인위적인 법률의 부조리를 간파했을지도 모른다. 후일 그의 사극(史劇)이나 비극에서 전개되는 권력 투쟁의 세계는 이미 이 무렵부터 어렴풋이 그의 뇌리에 어른거렸을지도 모른다. 〈헨리 6세〉 제2부에서 재크 케이드 일당의 폭도들은 '법률가를 죽여 버려라!' 하고 외친다.

이 시골 도시의 장서만으로서는 셰익스피어의 독서열이 도저히 충족될 수 없는 일이었겠지만, 그래도 그는 ≪성서≫며, 홀린세드의 ≪사기(史記)≫며, 오비드 등의 라틴 고전 문학에 접할 수 있었을 것이나. 셰익스피어는 한번 읽은 것은 차곡차곡 뇌리에 축적해 두었다가 필요할 때는 누에가 실을 뽑아내듯, 독서에서 얻은 지식을 언제든지 재생해 낼 수 있는 비상한 머리를 가졌다.

결혼 생활

셰익스피어는 1582년 11월 28일 스트래트퍼드의 서쪽 약 1마일 지점에 있는 쇼터리라는 마을의 지체 있는 한 부농(富農)의 딸 앤 해서웨이와 결혼했다. 그때 그는 열여덟 살이었고, 신부는 여덟 살 위인 스물여섯이었다. 결혼한 지 5개월 후인 1583년 5월 23일 큰딸 스잔나가 태어났다. 1585년 2월에는 쌍둥이가 태어났다. 장남 함네트와 둘째딸 주디스이다. 여기서 기록은 일단 중지되고 있다. 셰익스피어의 이러한 결혼에 대해서는 논쟁이 분분하다.

그러나 이들의 결혼은 부자연스럽다기보다 오히려 자연스러운 것인지도 모른다. 젊은 청년이 연상의 여성을 사랑할 때, 그것은 대개 불행으로 끝나거나 남자 쪽의 후회로 끝나게 마련이다. 그러나 이 결혼은 성취되었다. 로미오와 줄리엣의 경우처럼 풋내기 젊은 남녀의 불꽃이나, 유성(流星)같이 눈깜박할 사이에 사라져 버리고 마는 사랑이 오히려 부자연스러운지도 모른다. 로미오와 줄리엣의 사랑은 셰익스피어와 앤과의 현실적인 사랑의 역설인지도 모른다. 대개 남성은 심층심리(深層心理)에 모성(母性)에의 영원한 동경을 간직하고 있다고 한다. 햄릿의 경우가 아마 그러하다 하겠다. 예술적인 천재성을 지닌 셰익스피어는 이 본능에 있어서 또한 남달리 강렬했음을 보여 주고 있는 듯하다. 셰익스피어와 앤과의 결혼 생활이 불행했으리라고 논증하는 학자들이 더러 있다. 그러나 반드시 그렇지만은 않았을 것이다.

그후 1592년, 당시의 대극작가 로버트 그린이 한푼 없이 비참하게 여인숙에서 죽어 가면서 동료에게 보낸 서한에 다음과 같은 구절이 있다.

'우리의 깃으로 단장을 한 한 마리의 까마귀 새끼가 벼락 출세를 해가지고, 당신네들 누구에 못지않게 무음

시(無音詩)를 잘 지을 수 있다고 망상하고 있소. 그뿐만 아니라 그자는 온통 저만이 천하를 셰익 시인(振動, shake-scene)케 하고 있는 양 몽상하고 있소.'

이 구절 중 천하를 진동시킨다는 뜻으로 쓴 셰익 시인은 셰익스피어의 이름자와 관련된 풍자인 것으로 해석되고 있다. 이 글은 갑자기 혜성같이 런던에 나타나서 극계를 주름잡기 시작한 초기의 셰익스피어의 모습을 엿보게 하지만, 그는 이렇듯 런던에 비우호적으로 받아들여졌다.

그러면 고향에서의 기록이 중단된 후로 그린의 이 서한이 나오기까지 약 7년간 그는 대체 어디서 무엇을 했을까. 여기에는 갖가지 전설적인 얘기며 추측 등이 전해져 내려오고 있다. 스트래트퍼드의 귀족 루시 경의 사슴을 밀렵한 죄로 벌을 받자, 셰익스피어는 루시 경을 풍자하는 시구의 방을 내붙였다가 끝내는 고향에 있지 못하게 되었다는 둥, 또는 잠시 이웃 마을의 어떤 귀족 집에서 가정교사 노릇을 했을 것이라는 둥, 또는 이 고장에 찾아온 순회공연 극단을 따라 런던으로 상경했으리라는 둥 여러 설이 있다.

습작기(習作期)

런던의 극계에 발을 들여놓은 셰익스피어는 직책의 선택 여부가 있을 수 없었다. 그는 우선 '레스터 백작 소속 극단'에 취직하여 처음에는 관객이 타고 온 말을 보관하는 말지기역을 맡아 보았다. 〈맥베스〉에서 밤중의 문지기가 내뱉는 훌륭한 대사는 이 시절의 생생한 체험이었는지 모른다. 그러나 이 무렵 그의 직책은 비록 말지기였으나, 극단의 일원으로 가끔 극에 관여할 기회가 있었다. 그는 그런 기회를 잘 이용하여 재능을 인정받아 배우로 등용되었다. 그러나 배우로서 셰익스피어는 그리 뛰어나지 못했던 것 같다. 후일에도 〈햄릿〉의 유령 역이나 〈뜻대로 하세요〉의 애덤 노인 역 등에 단역으로 등장했다고 전해 내려오고 있다.

셰익스피어는 극단 전속작가가 되었다. 당시 극단 전속작가란 대개 타인의 인기 있는 작품을 개작(改作)이나 하는 직책이었다. 일종의 표절이었다. 그러나 당시에는 표절판이 가능할 정도로 판권이 보장되어 있지 않았기 때문에, 한편으로는 타인의 작품에 아무런 구애도 없이 어떠한 형태로든 개작이 가능하였다.

런던에 상경한 셰익스피어는 레스터 백작 소속 극단에 발을 들여놓은 후로, 이어서 스트레인지 남작 소속 극단, 궁내대신 소속 극단, 국왕 소속 극단 등의 일원으로 극장(The Theatre)에서 활동하게 된다. 극장은 런던 시의 외곽 북쪽 변두리에 1576년에 세워진 건물이었다. 셰익스피어의 극단은 1599년부터는 런던 시의 남쪽 템스 강 건너에 세워진 글로브 극장에서 활동하게 된다.

그린의 비우호적인 1592년의 기록과는 달리, 1598년 프랜시스 미어즈라는 젊은 학자는 ≪지식의 보고(寶庫)≫라는 책자에서 셰익스피어의 몇몇 극을 관람한 사실을 들어 격찬을 아끼지 않고 있다.

그가 관람했다는 극 중에서 다음 작품들이 열거되어 있다. 〈베로나의 두 신사〉〈착오 희극〉〈사랑의 헛수고〉〈사랑의 수고의 보람〉(이것은 셰익스피어의 어느

극을 두고 말한 것인지 알 수 없다), 〈한여름밤의 꿈〉 〈베니스의 상인〉 〈리처드 2세〉 〈리처어드 3세〉 〈헨리 4세〉 〈존 왕〉 〈타이터스 앤드로니커스〉 〈로미오와 줄리엣〉 등.

이 기록으로 보아 셰익스피어는 초기에 이미 사극·희극·비극에 모조리 손을 댄 것이 된다. 그가 최초로 제작한 사극 〈헨리 6세〉 제 1·2·3부(1590~2)와 〈리처드 3세〉(1592~3), 이 네 편의 사극은 하나의 체제를 이루고, 왕권을 에워싼 귀족들의 갈등에 의한 질서와 무질서의 대립이 빚어내는 국가의 혼란과 불안, 권불십년(權不十年), 인과응보 등의 외적인 양상이 추구되고 있다. 이 시기의 단 한 편의 비극인 〈타이터스 앤드로니커스〉(1593~4)는 당시의 유행이던 유혈복수 비극에 있어서도 토머스 키드와 같은 선배 극작가의 〈스페인 비극〉을 능가하고 있음을 실증해 주고 있다. 이 습작기에 셰익스피어는 희극에 있어서도 솜씨를 발휘하기 시작했다. 〈착오 희극〉(1592~3)을 비롯하여 〈말괄량이 길들이기〉(1593~4), 〈베로나의 두 신사〉

(1594~5), 〈사랑의 헛수고〉(1594~5) 등이 그것들이다.

이 초기 희극들은 현실 세계와 낭만 세계를 차례로 전개시켜 본 희극들이다.

이 두 개의 세계는 교차상징하여 다음 시기의 〈한여름밤의 꿈〉(1595~6)을 계기로 완전히 융합되어서, 제2의 셰익스피어의 로맨틱 코미디 낭만희극(浪漫喜劇)라는 새로운 희극이 탄생하게 된다. 이 무렵 또한 그는 장편의 서사시 〈비너스와 아도니스〉(1593)와, 〈루크리스의 능욕〉(1594)을 이미 친밀한 사이로 발전한 유력한 귀족 청년 사우댐턴 백작에게 바친 바 있다. 그의 〈소네트集〉 또한 이 무렵에 쓰여진 듯하다. 그의 습작기는 동갑인 말로(Marlowe)의 영향을 입은 바 컸다. 그러나 그의 희극들의 탄생으로 그는 이미 말로의 영역을 초월하게 되었다. 만인(萬人)의 마음을 가진 셰익스피어는, 고귀한 정신의 상승과 몰락의 묘사에 그치지 않았다. 또는 어두운 고독이나 비극만을 추구하지도 않았다. 그는 인생의 즐거운 면에도 주목했다. 초기의 희극들은 벌써 인생의 밝은 면, 즐거운 면에 눈길을 돌린 증거이다.

셰익스피어의 습작기가 끝날 무렵에 그의 선배 작가이자 경쟁 작가들인 대학재파(大學才派)의 극작가들은, 그린(1592)이나 키드(1594)같이 빈곤 속에서 비참하게 세상을 떠나거나, 또는 말로(1593)같이 정치적인 음모로 암살되는 등, 그 밖의 대학재파들도 모두 비참하게 극계로부터 떠났다. 오늘날 문학사에 남은 대학재파들은 7,8명밖에 안 되지만, 당시 실제 활동한 대학재파들은 20명 전후가 되지 않나 싶다. 그들은 모두 셰익스피어에게 호의를 갖지 않은 경쟁 작가들이었다. 그것은 셰익스피어가 상당히 많은 수를 나타내는 자의 이미지로서 20(twenty)을 사용하고 있는데, 이 20이란 숫자의 이미지는 그의 전작품을 통해·150여 회나 쓰여지고 있다. 이와 같은 이미지는 그의 20명의 경쟁 작가가 무한히 많은 숫자로 여겨진 데서 온 것인지도 모른다.

발전기(發展期)

셰익스피어는 제2기에 접어들면서 그의 집념이었던 비극을 시도하였다. 그의 최대 관심인 사랑을 주제로 한 〈로미오와 줄리엣〉(1594~5)이 그것이다. 그러나 이 극은 아직 그의 역량을 가지고는 성격 창조에까지 미치지 못하고, 그 아름다운 서정성에도 불구하고 한낱 운명 비극으로 그치고 만다. 이 시기에 그는 두 번 다시 비극에 손을 대지 않았다. 이 시기는 사극의 체계가 매듭지어지고, 또한 로맨틱 코미디가 완성된 시기이기도 하다. 이와 같은 보람찬 작품 제작과 더불어 그의 주변 또한 자못 활발한 양상을 보여 준다.

기록에 의하면, 당시 런던에서는 매년 되풀이되다시피 여름철에는 전염병이 창궐했다 한다. 당시의 런던은 인구 20만 내외의 도시였는데, 그런 전염병이 한번 휩쓸는 날이면 인구의 10분의 1이 죽어 없어질 정도로 전염병은 위세를 떨쳤다고 한다. 전염병이 창궐하면 그렇잖아도 우범지대로 여겨지던 극장이었는지라, 극장은 패쇄되고 극단은 지방순회공연에 나섰다. 우리는 〈햄릿〉에서 그런 지방순회극단의 경우를 볼 수 있다. 셰익스피어가 소속한 극단은 비교적 큰 극단이었기 때문에, 전속 극작가인 셰익스피어는 지방순회에 동행하지 않고 전염병을 피하여 대개 고향에 돌아가 있었으리라고 생각된다.

셰익스피어가 발전기인 제2기에 사극의 체계를 매듭짓고 낭만 희극을 완성했음은 앞에서 밝힌 바와 같다. 〈리처드 2세〉(1595~6), 〈헨리 4세〉 제1·2부(1597~8), 〈헨리 5세〉(1598~9), 이 네 편의 사극은 셰익스피어의 이른바 제2군의 사극으로 제1군의 사극과 마찬가지로 질서와 무질서의 대결이 전개되고, 제1군의 사극에서 벌어지는 장미전쟁이 치욕적인 역사의 원인으로 파악되고 있다. 군왕의 자질이 결여된 리처드 2세는 권모술수가이자 기회주의자인 그의 사촌 헨리 볼린브로크에 의해 왕위를 찬탈당한다. 헨리 볼린브로크는 왕위를 찬탈하여 헨리 4세가 된다. 헨리 4세는 왕위를 불법적으로 빼앗은 죄의식에 일생을 두고 정신적으로 시달림을 받고, 또 한편 내란은 끊이지 않는다. 그의 아들 헨리 5세는 내란을 수습하고 프랑스로 출정하여 아신코트의 대승리로 국위를 선양한다. 그러나 그는 요절하고 만다. 그의 아들 헨리 6세가 기저귀를 찬 갓난아이로 등극한다. 헨리 6세 시대에 장미전쟁이 벌어져서 나라 안은 아비규환의 수라장으로 변하고, 30여 년간 국민은 지옥의 고통에 시달린다. 이와 같은 혼란과 혼돈은 제2군의 사극에서, 헨리 4세가 리처드 2세의 정당한 왕권을 불법적으로 찬탈한 데에 기인한 것이라는 인과응보의 인식인 것이다. 제1군의 사극과 제2군의 사극을 통하여, 셰익스피어는 무질서의 혼란 상태를 전개시키고 있지만, 이런 무질서의 이면에서 그는 영원한 질서와 평화의 존재를 깊이 인식하고 있는 것이다.

우리는 셰익스피어를 르네상스적 낭만 정신의 기수로 알고 있다. 그러나 한편 그의 사극에서 능히 짚어낼 수 있다시피, 그는 중세기의 전통적인 질서 개념을 그의 정신 밑바닥에 가지고 있었다. 이것 역시 그의 이중 영상·이원성이라 하겠다. 이 시기의 〈존 왕〉(1596)은 8편의 사극의 커다란 질서 체계와는 무관한 고립된 사극이다.

이 시기에 꿈의 세계와 현실을 비로소 완전히 융합시킨 낭만희극들이 쏟아져 나오게 되는데, 그 첫 낭만희극 〈한여름밤의 꿈〉은 어떤 귀족의 결혼 축하연을 위해 제작된 것이 분명하다. 셰익스피어의 극이 그의 소속 극단에 의해 엘리자베스 여왕이나 제임스 1세 어전에서 상연되었다는 기록들이 더러 있다. 셰익스피어의 극에는 여왕을 찬양한 구절들이 여기저기 나타나 있고, 〈맥베스〉와 같은 극은 제임스 1세를 위해 쓰여진 것으로 보여지고 있다.

다음의 낭만희극 〈베니스의 상인〉(1596~7)은 그의 극 중에서 가장 유명한 극으로, 그 이유는 아마 여기에 등장하는 유태인 고리 대금업자 샤일록의 성격 창조 때문일 것이다. 그러나 동기야 어떻든 결과적으로 샤일록은 비극적인 인물이 되고 말았다. 낭만희극에 비극적인 인물이 등장한 것은 낭만희극의 오류인 셈이다. 그러므로 이 극은 비록 유명하긴 하지만 좌절된 낭만희극이라고 할 수 있다. 재판 장면에서의 포오셔의 자비론(慈

悲論) 또한 유명한 대사이긴 하지만, 이것 역시 기독교도의 위선의 냄새를 풍기고 있다. 〈헛 소동〉(1598~9) 또한 낭만극치고는 당치도 않게 음모·간계를 주제로 한 극이다. 그 음모는 비극 〈오델로〉와 같은 성질의 것이다.

그러나 이 극이 비극으로 결말지어지지 않고 행복한 끝을 맺게 되는 것은 아직 이 작가에 있어 내면적인 폭풍이 휘몰아쳐 오지 않고, 이성과 상식이 작가의 마음을 지배하고 있는 탓이라 하겠다. 〈뜻대로 하세요〉(1599~1600)는 목가적인 전원극이다. 그러나 이러한 목가의 이면에는 골육상쟁이 도사리고 있다. 〈십이야〉(1599~1600) 또한 정묘한 낭만희극이면서도 거기에는 청교도와 당국에 대한 가차없는 풍자가 담겨져 있다. 이렇듯 이상의 모든 낭만희극들이 즐겁고 명랑한 외관의 밑바닥에 모두가 비극적인 문제점을 안고 있다.

이와 같이 셰익스피어는 즐거움 속에서도 슬픔을 잊지 않았으며, 감미로운 사랑을 맹세할 때에도 시간의 잔인한 낫이 그 사랑을 내리치는 소리를 귓전에서 내치지 못했던 것이다. 그의 이중 영상은 점점 심오해 간다. 그리고 특히 현상과 실재 사이의 파행(跛行)의 인식은 더욱 심각해져 간다. 통찰과 인식이 깊어지고 표현 기술이 능숙해지자, 그는 본격적으로 비극의 문제와 씨름을 시작했다. 비극기에 접어들 무렵에 낭만희극과는 다소 이질적인 〈윈저의 명랑한 아낙네들〉(1600~1)이 나왔다. 〈헨리 4세〉 극에서 활약한 바있는 근대적 인물 폴스타프의 희극성에 감명받은 엘리자베스 여왕이 폴스타프가 등장하는 희극을 보여 달라는 요청을 하여, 그 요청에 의해 이 극이 집필되었다고 전해진다. 그러나 이 극에서의 폴스타프는 이미 전날의 생기를 잃고 있었다.

위대성의 개화(開花)

셰익스피어의 비극기는 〈줄리어스 시저〉(1599)를 가지고 막이 열린다. 고매한 이상을 가진 브루터스는 로마의 독재화를 막기 위해 시저를 쓰러뜨린다.

그러나 냉혹한 정치 세계에서 이상주의는 현실에 패배할 수밖에 없는 것이다. 셰익스피어가 비극을 쓰게

된 데 대한 내적인 동기는 앞에서도 지직했지만, 그 동기를 외적으로 추구하는 학자들이 있다. 그것은 에섹스 백작의 실각(失脚) 사건(1601)이다. 당시 에섹스 백작은 엘리자베스 여왕의 궁정에서 정신(廷臣)의 정화(精華)이자 권력의 상징이었다. 그는 또한 여왕의 사촌뻘로 한때는 여왕의 가장 두터운 총애를 받았고 여왕의 배필로까지 지목되던 인물이었다. 또한 셰익스피어의 후원자 사우댐턴 백작과도 친밀한 사이였다. 에섹스 백작은 아일랜드 반란군 진압 사령관으로서의 임무를 다하지 못한 책임에다, 여왕의 시녀와의 연사(戀事)로 해서 여왕의 노여움을 사게 되었다. 에섹스 백작은 평소 자신을 리처드 2세를 타도한 헨리 볼린브로크에 비교하고 있었다.

그는 쿠데타를 결심하고 거사 전날밤, 셰익스피어의 극단으로 하여금 〈리처드 2세〉를 글로브 극장에서 상연케 했다. 그리고 그 이튿날 그는 부하들을 거느리고 런던 시내로 몰려 들어가며 시민들의 호응을 기대했다.

그러나 시민들은 반응이 없었고 그의 거사는 실패로

돌아가고 말았다. 그는 사형을 선고받았다. 여기에는 그의 강력한 정적(政敵) 로버트 세실의 작용도 있었다. 에섹스 백작은 이제 형장의 이슬로 사라지고, 그의 친한 친구이자 셰익스피어의 후원자인 사우댐턴 백작 또한 실각하게 되었다. 거사 전날밤 〈리처드 2세〉를 글로브 극장에서 상연한 일로 해서 셰익스피어 극단 또한 당국으로부터 문책을 받게 되었으나, 별탈은 없었다. 천하를 주름잡던 세도가의 이런 갑작스러운 실각은 셰익스피어의 눈에 과연 어떻게 비쳤을까. 더구나 실각의 주인공은 그의 친지였으니 말이다. 에섹스 백작의 모반 사건은 1601년 셰익스피어가 서른일곱 살 때의 일이었다. 당시 대소 쿠데타 사건은 끊일 새 없이 일어났다. 유태인 의사 로페츠의 여왕 암살 음모 사건은 〈베니스의 상인〉의 샤일록에도 암시되어 있다. 의사당 폭파 사건은 〈맥베스〉의 문지기의 대사에서 언급되고 있다. 이와 같이 셰익스피어의 작품에는 당시의 시사적인 사건이며, 관습적인 일 등이 여러 곳에서 시사되고 있다.

오늘날 역사적 비평은 그런 문제들을 샅샅이 해명하

고 있다. 엘리자베스 여왕은 국민과 일치할 수 있는 위대한 영도자로서, 이 시대에 영국이 비약적인 발전을 한 것은 사실이다. 그러나 당시의 종교 문제며 대외 문제며, 여왕의 후계자 문제 등으로 해서, 전진을 위한 진통의 필연적인 현상으로 대소 반역 사건이 잇달아 일어나고 있었다. 따라서 시급한 안정이 요청되었으므로 여왕은 정권을 유지하기 위해 에섹스 백작의 경우와 마찬가지의 무자비한 숙청을 하지 않을 수 없었다. 때문에 당시 역적의 죄목 아래 교수대에 제물이 된 고관 대작들은 부지기수였다. 맥베스가 덩컨 왕을 암살하고 나오는 장면에서 피가 낭자한 자기 손을 보고, '사형 집행인 같은 피묻은 손'이라고 한 구절이 있다. 당시 사형 집행인은 교수대에서 범인을 처형하고 나면 곧 시체의 배를 단도로 갈라 내장을 사방에 뿌리는 관습이 있었다. 어떤 사형집행인은 그 솜씨가 어떻게나 날쌔던지, 사형 직후 시체에서 염통을 도려냈을 때 그 염통이 그대로 고동치고 있었다고 한다. 사형 집행인들의 솜씨가 이 경지에 ·도달할 만큼 역적의 사형이 잦았던 것이다. 그리고 역적의 머리는 런던 탑 위에 내걸려졌다.

셰익스피어는 아들의 죽음에 심적인 큰 타격을 입은 바 있다. 그래서 아들의 죽음과 에섹스 백작의 실각 등을 그의 비극기의 외적 동기로 보는 학자들이 있다.

그의 비극기에는 3편의 희극이 있다. 이 희극들은 초기의 희극들이나 제2기의 낭만희극들과는 전혀 다른 어두운 희극들이다. 학자들은 근래에 이 희극들에 '문제극'이라고 이름붙였다. 〈트로일러스와 크레시더〉(1601~2)는 배신과 혼란이 주제가 되어 있으며, 문제는 미해결의 장으로 남을 뿐 아니라 뒷맛이 씁쓸하고 개운치 않은 이름만의 희극이다. 이 극은 또한 당시 영국의 신구(新舊) 두 사상이 소용돌이치던 세태의 일면을 나타내 보여 주기도 한다. 〈끝이 좋으면 다 좋다〉(1602~3)는 그 제목이 말하고 있는 바와 같이, 끝만이 해피엔딩으로 끝나는 역시 씁쓸한 희극이다. 사랑을 위해 간계의 수단이 이용되는 희극이니 말이다. 〈이척보척(以尺報尺)〉(1604~5) 또한 부패와 위선의 악취가 코를 찌르는 희극이다. 이 세 편의 희극들은 모두 비극의 비전에서 쓰여진 것이며, 다만 끝맺음만을 희극으로 맺은 것이다.

  셰익스피어의 대비극에는 왕후, 귀족 등 위대한 인물들이 등장한다. 그리고 이 비극은 주인공들의 성격 결함에 의한 내적 갈등이 보다 큰 비중을 차지한다. 이들 성격 비극은 〈로미오와 줄리엣〉이나 그리스 비극 등의 운명 비극과는 차원이 다르다. 게다가 그 주제는 제왕의 이미지를 요란스럽게 울려대고 있고, 거기에는 국가 사회의 질서 파괴와 그 회복이라는 거대한 전제가 있게 마련이다. 실체와 외관은 깊이 통찰되고 이중 영상은 심호하리만큼 입체적이고 동적이다.

  〈햄릿〉(1600~1)은 너무나도 유명한 극이다. 이 주인공은 앞서 논한 에섹스 백작과도 일맥상통하는 점을 가지고 있다. 이 극에서도 인간 본질의 이원성이 여실히 파헤쳐지고 있다. 이성과 감정, 망상과 행동, 천사와 악마, 판단력과 피의 복수 등 작가의 이중 영상이 다각도로 표현된 작품이다. 〈오델로〉(1604)만은 대비극들 중에서도 그 배경 설정이 특이한 극이다. 주인공들의 운명과 국가 사회의 운명이 무관한 가정 비극(家庭悲劇)으로, 신의 질투와 음모를 주제로 한 비극이다. 〈리어왕〉(1605)은 망은·배신·분노 등을 주제로 한 엄청나게 거대한 비극이다. 〈맥베스〉(1606)는 시역자·악인이 겪는 심적 고통을 그린 악몽의 비극이다. 같은 악인이라도 리처드 3세는 맥베스와 같은 심적 고통은 겪지 않고 악을 실컷 발휘한 후 그저 절망 속에 죽을 뿐이다. 맥베스 또한 절망 속에 죽는다. 다른 비극의 주인공들이 영혼의 구원을 받고 죽는 데 반해 맥베스는 절망 속에서 죽는데, 이보다 비참한 비극은 없을 것이다. 〈안토니와 클레오파트라〉(1606~7)와 〈코리올레이너스〉(1607)는 〈줄리어스 시저〉와 더불어 로마사에 의거한 사극들이다.

〈안토니와 클레오파트라〉는 거의 우주적인 규모의 초월적인 인간주의가 전개되는 대비극이다. 〈코리올레이너스〉는 취약한, 또는 위선적인 애국심을 바탕으로 한 거인의 비극에다 군중의 가공할 힘을 엿보여 주고 있다. 〈아테네의 타이먼〉(1607~8)은 〈리어 왕〉과 쌍둥이 사산아로 보여질 만큼 주인공의 인간 혐오와 망은의 주제가 자못 시니컬하다.

1607년 6월 5일 셰익스피어는 고향에 돌아왔다. 장녀 스잔나는 유능한 의사 존 홀과 결혼했다. 1608년 2월 7일에는 외손녀 엘리자베스의 탄생을 보았다. 이 무렵 영국의 극장은 종래의 노천 극장보다 옥내 소극장에서 겨울철이나 야간이나 우천에도, 귀족 등 소수의 고급 관객들을 상대로 공연하고 있었다.

만   년

셰익스피어가 만년에 정착한 곳은 낭만극이었다. 낭만극은 또한 이 무렵의 조류이기도 했다. 그의 낭만극은 모두 음모·배신에 의한 골육의 이산으로부터 그 재회와 상봉, 그리고 관용과 화해를 주제로 한 것이었다. 〈페리클리즈〉(1608~9), 〈실베리인〉(1609~10), 〈겨울밤 이야기〉(1610~1) 등은 다 그와 같은 골육의 상봉과 관용의 극들이다.

마지막 낭만극 〈태풍〉(1611~2)의 주인공이 마(魔)

의 지팡이를 바닷속에 버리고 귀향하는 모습은 극작의 영
필(靈筆)을 버리고 귀향하는 작가 자신을 연상케 한다.
　비극으로부터 낭만극으로의 변천을 두고 셰익스피어
자신의 신교로의 귀의(歸依)라고 논하는 상징주의적 해
석도 있다.
　이제 비극 시대와 같은 고뇌와 부조리는 가셔지고 신
에 귀의한 종교적인 신앙의 은총만이 유난히 돋보이게
된다. 마지막으로 또 한 편의 고립된 사극 〈헨리 8세〉
(1612~3)는 합작설(合作說)이 유력하다.
　셰익스피어는 젊어서부터 건실하고 심리적인 경제 관
념을 가지고 있었고, 그의 생활 태도에는 절도가 있었
으며, 성품은 온화하고 언행이 일치했다. 고향에 은퇴
할 무렵에는 생활이 윤택했다. 그리고 은퇴한 후에도
가끔 런던을 방문한 듯하다. 은퇴 후, 벤 존슨이 영국
최초의 계관시인이 된 것을 축하하여 몇몇 친구들과 모
여서 주연을 가진 후 셰익스피어는 발병하여, 이것이
원인이 되어 사망하였다고 전해져 오고 있다. 향년 52
세, 1616년 4월 23일이 그의 기일(忌日)이다. 그의 유

해는 고향의 홀리 트리니티 교회당 사장 안쪽, 가족들
의 유해와 함께 잠들어 있다.

셰익스피어는 실존 인물인가

　셰익스피어의 전기 기록은 당시 문인의 사회적인 지
위로 비추어 볼 때 놀랄 만큼 풍부한 셈으로, 정통파
학설은 스트래트퍼드 출신의 극작가 셰익스피어를 믿어
의심치 않지만, 일부 저널리즘 계통으로부터 심심찮게
그의 생애에 관해 이설(異說)이 제시되고 있다. 독자들
의 오해를 풀기 위해 이설의 정체를 간단히 소개해 두
겠다. 그 하나는 1759년 어떤 광대극의 다음과 같은
대사에서 비롯된다. '셰익스피어의 저자는 벤 존슨이
다.' '아니다, 그것은 피니시(Finis 終幕)이다. 그의 전
집 맨 끝에 그렇게 적혀 있지 않더냐.' 이와 같은 웃지
못할 대사가 있었지만, 이로부터 약 백 년 후 셰익스피
어의 저자는 프랜시스 베이컨이라는 이설이 자못 심각
하게 대두되기 시작했다. 그런데 이 이설들의 바닥에는
다음과 같은 의혹이 깔려 있었다.

셰익스피어의 작품과 같은 엄청나게 위대한 시(詩)와 철학을 과연 어떤 한 사람이 죄다 지닐 수 있겠는가? 이것이 가능하다치더라도 그 사람은 박식하고 세도 있고 견문이 넓으며 외국어에도 능숙한 사람이어야잖겠는가. 그렇다면 스트래트퍼드 출신의 저 촌뜨기 배우가 과연 그렇다는 증거가 어디 있는가?

정통파의 견해로는 당시의 문인치고 셰익스피어는 전기 자료가 많은 편이라고는 하지만, 그의 공적·사적·외적·내적인 사실과 기록은 그토록 위대한 작가의 기록치고는 적은 편이다.

이래서 그를 우상같이 숭배하는 사람들은, 역설 같지만 그 우상의 진흙으로 만들어진 다리를 찾기 시작했다. 그들은 범인(凡人)은 그와 같이 위대한 작품을 쓰지 못할 것이며, 따라서 셰익스피어는 범인일 수 없을 것이요, 그 작가는 그와 같은 요건을 충족시키는 특수 인물일 거라는 것이다. 이것은 마치 추리 소설과도 같은 이야기다. 여기에 또 한 가지 중요한 충족 여건이 있다. 그것은 그가 어떤 이유 때문에 자기의 이름을 정년으로 밝힐 수 없었을 것이라는 것이다.

프랜시스 베이컨이 같은 시대인으로서는 그와 같은 요건을 모두 갖추고 있다 하여, 베이컨을 셰익스피어 극의 작가라고 하는 주장이 특히 미국에서 한때 상당히 유력했다. 게다가 베이컨은 또 암호법(暗號法)에 조예가 깊었는데, 작품 안에 저자가 베이컨임을 알아볼 수 있게 하는 암호들이 산재해 있다는, 예를 들면 〈사랑의 헛수고〉(제5막 제1장)에 나오는 'honorificabilitudi-nitatibus'라는 조어의 뜻은 '프랜시스 베이컨의 정신적 소산인 이 극들은 후세에 영속하리라'를 뜻하는 라틴어의 암호라고 풀이하는 학자도 있다. 다음으로 그의 극이 집단의 소산이라는 이설이 있는데, 그 근거는 그의 극의 출원이 여러 가지 확실한 것으로 미루어, 각색 또한 여러 사람의 공동 집필로 이루어진 것이며, 프랜시스 베이컨과 월터 롤리의 공동 집필, 또는 옥스퍼드 백작을 중심으로 한 베이컨, 말로, 롤리, 더비 백작, 러틀란드 백작, 팸브로크 후작 부인 등의 집단 집필로서, 이때 연극의 기교에 관한 전문 지식이 요청되었을 것이므로, 셰익스피어는 그 편찬, 또는 합작(合作) 같은 일을 했을 것이라는 것이다.

셰익스피어의 결혼에 관계되는 기록으로서, 1582년 11월 27일자 우스터 감독 교구 기록에는, 'Wm Shakpere and Anna Whateley'라는 기록과 그 다음 날짜에 'Willm Shakespere to Anne Hathwey'라는 기록이 있는데 정통파에서는 'Whateley'는 'Hathaway'의 오기(誤記)일 거라고 보고 있으나 1939년과 1950년에 두 스코틀랜드 학자가 주장하기는 미스 휘틀리(Miss Whateley)는 셰익스피어의 애인으로, 앤 해서웨이에게 패배하자 수녀가 되어 그 뒤 셰익스피어와는 정신적으로 결합하여 그와 같은 극을 함께 제작했을 거라는 것이다.

다음으로 말로 설이 있는데, 셰익스피어와 태어난 해가 같으나 요절한 말로의 셰익스피어에 대한 영향은 정통파에서도 인정하고 있는 바이지만, 근래에 미국의 신문기자 캘빈 호프맨은 ≪셰익스피어라는 사람의 살해 문제≫라는 저서에서, 말로는 그의 후원자 토머스 월징엄(T. Walsingham)경의 사주자(使嗾者)들의 손에 살해된 것이 아니라, 그가 무신론자로서 처형되는 것을 미리 막기 위해 월징엄 경이 살해를 가장하여 그를 유럽 대륙으로 도피시킨 것이며, 이래서 그는 후일 비밀리에 귀국하여 월징엄 경의 집에 은신하며 셰익스피어라는 이름으로 극작을 발표한 것이라고 주장했다.

호프맨은 또한, 월징엄 경의 무덤을 발굴하는 허가를 얻어 발굴에 착수했으나, 거기에 있으리라고 예상했던 셰익스피어의 원고는 발견되지 않았고, 미처 무덤 현실(玄室)까지도 파들어 가지 못한 채 발굴을 중단당한 일이 있었다. 그래서 요사이 스트래트퍼드에 있는 셰익스피어의 무덤을 다시 발굴해 보자는 말도 있다.

다음은 옥스퍼드 백작설이다. 옥스퍼드 백작 에드워드 드 비어의 가문(家紋)의 하나로 사자가 창(Spear)을 휘두르고(shake) 있고, 별명이 '창을 휘두르는 사람(speareshaker)'인 그는 사우댐턴 백작과 더불어 셰익스피어의 후원자로 알려진 사람인데, 사우댐턴 백작이 그와 엘리자베스 여왕 사이의 소생이라는 풍문이 나돌

정도였던 만큼, 그와 궁정의 어떤 부득이한 사정 때문에 자기의 작품에 셰익스피어라는 가명을 사용했거나, 스트래트퍼드 출신의 배우 셰익스피어의 이름을 빌려 쓴 것이라는 이설이 있다.

또는 셰익스피어라는 스트래트퍼드 출신의 대금업자가 궁색한 극작가들에게 금전을 융통해 준 대가로 작품의 작가를 자기 이름으로 하게 했을 것이라는 이설도 있다.

또 하나의 이설은 그의 ≪소네트집≫에 나오는 'Mr. W. H.'가 누구냐? '흑발의 미녀(dark lady)나' '미청년(fair youth)'은 과연 누구냐 하는 것이다.

그의 소네트가 원래 개성적인 요소를 강하게 풍기고 있기 때문에, 이 점들에 관해서는 정통파 학자들 사이에도 논쟁이 분분하지만, 말로 설의 주장자들은 '미청년'을 당시의 동성애와 관련시켜 말로의 동성애를 증거로 셰익스피어 소네트의 저자를 말로라 단정하고, Mr. W. H.를 앞서의 월징엄의 약자라고 주장한다.

같은 자료와 같은 사실을 가지고 이설들은 이렇게 기

묘한 결론에 도달하고 있지만, 오늘날 정통파 하자들은 스트래트퍼드의 셰익스피어의 실존성(實存性)에 대해 추호도 의심하지 않고 있다.

셰익스피어 시대의 극장

영국의 중세기는 연극 부재의 시기였다. 다만 성서나 성도의 이야기를 번안, 각색한 기적극(奇蹟劇)이나 신비극 등의 종교극이 성직자들에 의해 종교 의식의 일부로서 행해져 오던 것이, 직인조합(職人組合)의 손으로 옮겨져서 구경거리로 수레 위에서 행해지게 되었다. 이윽고 종교극의 희극적인 요소가 발전하여 선·악·미·위·선 등 추상 인물로 구성된 도덕극(道德劇)이 발생하게 되고, 다시 또 도덕극에서 일종의 익살이 파생하여 막간극(幕間劇)이 생기게 되었는데, 이 막간극은 귀족들의 연회의 여흥으로 상연되게 되었다.

이윽고 르네상스기에 접어들면서부터 영국 민족은 자기네의 전통적인 극에다 로마의 희극·비극 등을 접목하여 그들의 풍토에 알맞는 극을 탄생시켰다. 〈레이프 로이스터 도이스터〉(1553년 초연)는 영국 최초의 희극이며 〈고보더크〉(1562년 초연)는 영국 최초의 비극이다. 이 극들은 학교나 사법 대학원이나 또는 교회당에서 상연되는 한편, 직업적인 배우들에 의해서도 상연되기 시작했다.

이 시절의 배우들은 일종의 부랑자와 같은 처지로, 곳곳을 돌아다니면서 여관의 안뜰 같은 곳에 임시로 가설한 가무대(假舞臺) 위에서 극을 상연해 오다가 차차 상설극장을 갖게 될 만큼 성장하여, 법학원의 강당이나 궁정에서도 극을 상연하기에 이르렀다. 이 상설 극장의 발달을 당시 곡마단 등의 흥행에 사용되었던 가설 흥행장에서 찾아보는 학자도 있다. 영국에서는 1576년에 비로소 상설 극장이 건립되었다. 이것이 극장이다. 1570년대에 런던 시 당국과 배우들 사이에는 시내에서의 연극 상연 문제를 에워싸고 시비가 끊이지 않았는데, 당시 레스터 백작 소속 극단의 단장인 제임스 베배지는 런던 시의 행정권이 미치지 않는 시 외곽 북쪽 변두리 쇼디츠에 이 극장을 지었다. 이 극장이 성공을 거둔 것에 자극되어 1592년까지는 역시 쇼디츠에 커튼 극장과 템스 강 남안에 장미 극장의 건립을 보게 되었다. 이후로 극장이 잇달아 건립되어, 행운 극장, 백조 극장 등 한때는 십여 개나 극장이 섰다. 인구 20만 내외의 런던 시로서는 놀라운 일이 아닐 수 없었다.

당시 극장의 경영은 수월한 일이 아니었고, 게다가 1649년에는 청교도혁명으로 불행히도 모든 극장이 폐쇄를 당하고 말았다. 엘리자베스 시대의 극장은 특수한 구조를 가지고 있었는데, 이 특수 구조의 극장은 채 80년도 못 되어 영영 자취를 감추고 만 것이다.

왕정 복고와 더불어 1660년 이후 극장은 다시 문을 열게 되었으나, 이때는 벌써 막(幕)과 배경장치를 가진 대륙식의 근대 극장 형식이 들어오게 되어, 이후로는 엘리자베스 시대의 특수한 구조를 가진 극장은 영영 부활되지 못했다.

극장의 구조

셰익스피어의 극이 상연되기 위해시 사용된 극장은 소극장(小劇場)이었다. 당시 글로브 극장의 경쟁적 존재였던 행운 극장의 경우를 보면, 외곽의 넓이가 84평

방피트였다고 하니, 이것을 평수로 환산하면 180평 안팎이 된다. 극장의 외형은 대개 원형, 또는 팔각형이었으며, 드물기는 했지만 사각형인 경우도 있었다.

이것의 내부 넓이는 대개 150평 정도였으며, 당시 극장의 무대가 비교적 넓은 면적을 차지한 점을 감안하면 관객석의 넓이는 100평 안팎이 되었을 것이다. 일반 관객의 좌석은 땅바닥이었는데, 관객들은 이 땅바닥 좌석에 돗자리 같은 것을 깔고 앉아서 극을 관람했다. 여기에다 삼층으로 된 회랑 좌석이 있었으며, 무대는 관람석의 거의 한복판까지 돌출해 있었으므로 관객들은 무대를 삼면에서 에워싸고 관람할 수 있었다. 그리스 노천 원형극장의 경우를 보더라도 극은 원래 사면에서 관람하게 되어 있다. 우리나라의 가면극이나 마당극 또한 그러하다.

그러나 극의 진행상의 준비 등을 위해 사면 중의 일면이 배당되고, 그래서 엘리자베스 시대의 극장처럼 삼면만이 관람석이 되었다. 셰익스피어 시대의 극장은 관객석 위에는 지붕이 없는 노천이었고 극은 대낮에 태양

광선 아래서 상연되었는데, 이것 또한 그리스의 극이나 우리나라 가면극의 경우와 마찬가지이다. 관객이 운집할 때에는 서서 보는 관객도 있고 특별석으로 무대 위에 의자를 갖다 놓고 앉아서 관람하는 관객도 있었다. 당시의 그러한 소극장의 좁은 면적 안에 천 명에서 이천 명 가량의 관객이 수용되었다고 하니 놀라운 일이다.

셰익스피어 시대의 극장은 거의 배경이 없었다. 그리고 도구도 별로 많이 이용되지 않고, 극히 암시적·상징적인 몇몇 도구로 충족되었다. 그러나 당시의 기록에 의하면 150여 종류의 대소 도구가 있었던 것으로 되어 있고, 그 중에는 '멧돼지의 머리'와 같은 기묘한 도구도 있었다고 한다.

극장의 특이한 구조로 해서 장면의 변화는 자유자재였지만, 장소가 달라질 때는 푯말로 표시하거나, 또는 〈뜻대로 하세요〉에서 볼 수 있는 것처럼 '여기가 아덴 숲이구나' 같은 서술적인 대사로 처리되었다. 무대 위에 의자나 탁자 같은 것이 놓여지면 실내 장면이요, 승마화를 신고 등장하면 사자(使者)요, 왕이 무장하고 등장하면 전장(戰場)이요, 한두 그루의 수목이 있게 되면 무대 전체는 숲속이 되는 것이다. 〈햄릿〉의 제1막 제1장이 끝날 무렵, 밤 사이 망을 보던 파수 일행 중의 호레이쇼는,

'아, 저것 보게! 갈색 망토를 걸친 아침 해님이 이슬을 밟으면서 저기 동녘 하늘 산마루에 떠오르고 있네.'

라고 동료들에게 말한다. 이제 날이 새고 아침이 된 것을 말해 주고 있는 것이다. 당시의 극장에는 무대 장치가 없었던 만큼, 오늘날의 극에서라면 사실적인 수법으로 처리되는 것이 셰익스피어 극에서는 대사의 서술로써 표현될 수밖에 없었다. 〈리어왕〉 제3막 제3장, 황야의 폭풍우 속에서 광란하는 장면 처리에 리어 왕은 이렇게 부르짖는다.

'불어라 바람아, 네 뺨은 찢어져라! 뒤끓어라! 불어라! 폭포수 같은 비야, 억수 같은 폭우야 내리쏟아져서, 우뚝 솟아 있는 뾰족탑을 침수시키고, 뾰족탑 꼭대기에 달려 있는 바람개비를 익사시켜 버려라! 뇌신(雷神)의 뜻을 사념(思念)같이 순식간에 이행하는 유황불

아, 참나무를 내리째는 천둥의 선도자 번개야, 내 백발을 지켜라! 천지를 진동케 하는 천둥아, 둥그런 지구를 박살내서 납작하게 만들어라! 인간 창조의 모태를 때려 부수고 인간을 만드는 씨를 당장에 멸종해 버려라!'

오늘날의 극장에서라면 이런 장면은 장치·배경·조명·음향·효과 등의 기술적 방법으로 처리될 것이다. 그러나 당시 극장의 매커니즘으로는 이러한 폭풍우의 장면을 본문의 대사로만 처리할 수밖에 없었고, 관중 또한 그런 장면을 심안(心眠)에 의해 비쳐 볼 수밖에 없었다.

셰익스피어의 극에서는 배경에 관한 서술의 필요성 외에도 그런 구절은 본래 시극(詩劇)으로서의 아름다움을 가지고 있는 것이지만, 우리말로 그런 대사의 다이내믹한 아름다움은 도저히 제대로 옮겨낼 수 없다. 당시 극장의 배경이 없는 대신 배우의 의상에 대해서는 놀랄 만큼 관심이 기울어져 있었다. 〈리처드 2세〉에서 리처드 2세가 입고 등장한 의상은 비용이 60파운드나 들었다는 기록이 있다. 이것은 거액이다. 배경이 없으니만큼 이와 같이 화려한 성장을 하고 등장한 주인공 역에게 관중의 관심은 집중되었던 것이다.

관 객

태양 광선 아래서의 상연이나 무대 배경 등, 이러한 외적 조건으로 해서 당연히 관객에게는 고도의 상상력 이 요청되었으며, 연극 효과의 적지 않은 비중이 관객 의 심안에 호소되었다.

그래서 산문에 의한 사실극이 아니라 낭만적인 시극 의 발달이 촉진되었다. 오늘날과 같은 사실적 무대장치 에서는 셰익스피어의 시적 미는 사족(蛇足)같이 보이거 나 수다스럽게 보일지 모르며, 오늘의 관객들은 그것을 아예 무시해 버리거나 또는 놓쳐 버리기 쉽다. 그러나 셰익스피어 시대의 관객들은 모든 외적 조건에는 정신 을 팔지 않고 대사가 가진 시의 음향만을 감상하는 관 객들이었다.

셰익스피어 극장은 무대에 막이 없었다. 오늘날의 극 장에서는 관객은 막의 여닫음에 의해 장면의 시작과 끝을 안다.

그러나 당시의 극장은 무대와 관객을 가로막는 막이 없었다. 그러니까 관객은 극장에 입장하면 눈앞에 곧 무대를 보게 마련이며, 극은 인물의 등장으로 시작하여 인물의 퇴장으로 끝난다. 처음부터 끝까지 한번도 중단되지 않고 무대 뒤쪽에 있는 두 개의 출입구를 이용하여 인물들은 쉴 새 없이 등장하고 퇴장한다.

오늘날 우리가 접하는 셰익스피어의 편찬본은 막과 장으로 구분되어 있다. 그러나 그의 각본은 원래 그렇게 막과 장이 구분되어 있는 것이 아니며 다만 장면의 지정이 있을 뿐으로, 그 장면의 수가 〈안토니와 클레오파트라〉의 경우같이 40여 장면이나 되는 극도 있지만, 배경이 없는 조건과 더불어 장면의 전환이 극히 간편하였다. 따라서 근대극에서처럼 장면의 수에 제한을 받을 필요는 없었다.

이와 같이 막이 없다는 여건은 배우와 관객의 거리를 접근시키고, 연극을 삼면에서 관람할 수 있게 했으니, 따라서 무대는 오늘날의 사진을 무대에서와 같은, 회화

적(繪畵的) 감상이 아니라 조소적(彫塑的)인 감상이 될 수밖에 없었으며, 관객 또한 아주 가까운 거리에서 배우와 일체가 되어 극장 전체가 하나의 분위기 안에 융합될 수 있었다. 관객이 배우와 공동 연기자가 되어 양자가 일치하는 극장 분위기야말로 연극 본래의 자세로, 오늘날의 연극이 양자를 완전히 분리시키는 태도, 즉 관객이 무대 위의 배우를 마치 의사가 환자를 진단하듯 관찰하는 것은 셰익스피어 시대의 경우와는 전혀 다른 양상이 아닐 수 없다.

무 대

세익스피어 극장의 무대 구조는 간단히 설명하면 다음과 같다. 당시의 극장 구조는 오늘날 특히 애덤스(J. C. Adams)와 같은 학자들에 의해 놀랄 만큼 정확히 밝혀지고 있다. 일부 유력한 이설이 없는 것은 아니지만, 당시의 무대는 세 개의 무대로 구성되어 있었다. 외무대(外舞臺), 내무대(內舞臺), 그리고 이층무대(二層舞臺)가 그것이다.

첫째, 외무대는 불균형할 만큼 크고, 이것이 관객석 한복판 근처까지 돌출해 있었다. 대개의 장면은 이 외무대에서 벌어진다. 이 외무대 중앙 근처에는 뚜껑 문이 있어, 〈햄릿〉의 경우 유령은 이 뚜껑 문 아래에서 대사를 말하게 되어 있었다. 다음에 내무대는 아주 작고 외무대 안쪽에 있으며, 외무대와의 경계에는 자유 자재로 여닫을 수 있는 막이 있고, 이 내무대는 보통은 의상실로 사용되고 필요에 따라서는 무대로 사용되었다.

내실·소실·침실·동굴·묘지 등의 장면은 이 내무대가 이용된다. 〈오델로〉에서 데스데모나가 교살당하는 장면, 〈로미오와 줄리엣〉에서의 침실이나 묘지, 〈아테네의 타이먼〉에서의 동굴 장면 등이 이 내무대이다. 내무대의 막 양쪽 끝지점에 외무대용의 두 개의 출입구가 있어, 이 두 개의 출입구로 끊임없이 인물들이 등장하고 퇴장하는 것이다. 내무대에서도 뒤쪽에 출입구가 하나 있다.

이층무대는 내무대 윗부분을 차지하고 있으며, 이 이층무대는 내무대로부터 계단을 통해 올라갈 수 있게 되었다. 그것은 〈로미오와 줄리엣〉에서의 발코니 장면, 또는 〈헨린 6세〉나 〈리처드 2세〉에서의 성벽 장면, 또는 〈맥베스〉의 왕 일행의 침실 장면 등으로 사용되었다. 햄릿이 유령의 부름에 따라가는 곳도 이 이층무대였다. 〈맥베스〉에서 공중으로 사라지는 마녀들도 아마 이층 무대로 통하는 계단으로 해서 사라졌을 것이다. 세 개의 무대는 이와 같이 묵계에 의해 필요에 따라 각각 사용되고, 한편으로는 이 세 개의 전체 무대를 입체적으로 연결시켜 장면에 맞추어 자유자재로 중단 없이 사용할 수 있었을 뿐만 아니라, 배경이 없다는 요건과 더불어 그렇게도 많은 장면의 무대 전환이 전혀 극적 감정의 중단 없이 가능했으며, 극은 일사천리로 진행될 수 있었던 것이다.

셰익스피어의 극은 대개 2천7백 행 안팎이 표준인데, 당시 대화의 속도가 빠르기는 했지만 이것을 보통 두 시간 내외로 상연해 낼 수 있었다는 것 또한 당시 무대의 위와 같은 특수한 구조 때문이다. 그리고 셰익스피어 극에는 방백(傍白)이 수없이 쓰여지고 있다.

방백은 여러 인물들이 무대 위에 등장해 있을 때 어떤 한 인물이 혼자 말을 할 때, 또는 그 중 몇몇 특정 인물 사이에만 말을 주고받을 때 쓰여지는 기교이다. 이때 그 대사는 관객에게만 들리고 무대 위의 다른 인물에게는 들리지 않는다는 약속 아래 행해진다. 이때 방백을 하는 당사자가 관객석으로 돌출해 있는 무대 맨 앞으로 나오고 다른 인물들이 뒤쪽으로 물러서면, 그것은 조금도 부자연스럽지 않았다.

극단과 배우

셰익스피어 시대의 극단은 10명 안팎의 직업배우와 여자 역으로 분장하는 두세 명의 소년 배우, 그리고 필요에 따라서 임시로 고용되는 엑스트라들로 구성되었다. 이와 같이 극단원이 일정했기 때문에 셰익스피어의 극은 단원들의 연기력과 신체적 조건에 맞추어서 제작되어야만 했다. 베배지 형제들이 많이 분장한 비극 역이며, 윌 켐프나 로버트 아민과 같은 뛰어난 희극 배우들이 분장한 어릿광대 역의 경우가 그렇다. 소년이 분장하는 여자 역의 경우도 그러했다.

〈한여름 밤의 꿈〉에 등장하는 두 처녀 중 한쪽은 키가 작달만 하고 한쪽은 키가 큰 인물로 되어 있다. 영국에서 여자 배우의 출현은 1660년 이후의 일이지만, 셰익스피어 시대의 여자 역은 성대가 변하기 이전의 소년이 분장했다. 셰익스피어의 극에는 비교적 여자의 등장이 많지 않고, 또 여자 주인공들은 오필리아나 데스데모나를 비롯하여 거의가 적극적인 역할보다는 소극적인 역할밖에 하지 않는데, 그것은 소년 배우들이 아무리 미모를 갖추고 청초하다 할지라도, 비중이 큰 역은 역시 그들로서는 감당해·내기 어려웠기 때문이었다. 〈베니스의 상인〉의 포오셔나 〈뜻대로 하세요〉의 로절린드같이 비교적 적극적인 역을 감당해 내는 경우는 그 당시 그만한 역을 감당해 낼 만한 소년 배우가 셰익스피어 극단에 있었기 때문일 것이다.

특히 〈맥베스〉의 맥베스 부인이나 〈안토니와 클레오파트라〉의 클레오파트라는 남자 주인공과 동등한 비중으로 등장하는데, 이런 경우 역시 그런 역을 감당해낼

수 있는 소년 배우가 그 당시 셰익스피어 극단에 있었
다는 의미이다.

  그리고 또 셰익스피어 극의 기교의 하나로 포오셔나
로절린드와 같이 소녀가 소년으로 남장을 하는 장면들
을 더러 볼 수 있는데, 이것은 당시 여자 역을 소년 배
우가 분장한 사실을 돌이켜 생각하면 극히 자연스러운
일이라 할 수 있겠다. 이런 것이 또한 사실극의 발달을
가로막은 하나의 이유로 지적되고 있는데, 연극이라는
본래의 기능을 고려할 때 그것은 사실 그 자체가 아니라
사실의 흉내이고 보면, 당시처럼 여자 역을 소년이 분장
했던 것이 연극으로서는 오히려 유리했을지도 모른다.

셰익스피어 연보

1564년 아버지 존 셰익스피어와 어머니 메리 아든의 맏
아들로, 영국 중부 워릭셔 주의 지방도시 스트래트퍼
드에서 윌리엄 셰익스피어 태어나다(4월 26일 세례를
받다).

1565년 1세 때 아버지 존, 시의회 의원에 선출되다.

1566년 2세 때 동생 길버트 태어나다(10월 13일 세례를
받다).

1568년 4세 때 아버지, 시장에 선출되다.

1569년 5세 때 여동생 조운 태어나다(4월 5일 세례를 받다).

1571년 7세 때 아버지, 시의회 의장 및 시장 대리에 선
출되다. 둘째 여동생 앤 태어나다(9월 28일 세례를 받
았으나 1579년 죽다).

1574년 10세 때 둘째 동생 리처드 태어나다(3월 11일 세
례를 받다).

1576년 12세 때 아버지, 문장(紋章) 사용의 허가원을 내다.

1578년 14세 때 아버지, 집을 담보로 40파운드를 빚내다.

1579년 15세 때 아버지, 어머니의 소유지를 팔다.

1580년 16세 때 셋째 동생 에드먼드 태어나다(5월 3일
　　　　세례받다).

1582년 18세 때 앤 해서웨이와 결혼하다(11월 27일 결혼
　　　　허가증 발행되다).

1583년 19세 때 맏딸 스잔나 태어나다(5월 26일 세례를
　　　　받다).

1585년 21세 때 쌍둥이 함네트(남)와 주디스(여) 태어나
　　　　다(2월 2일 세례를 받다).

1594년 30세 때 '궁내대신 소속 극단'의 단원이 되다.

1596년 32세 때 맏아들 함네트 죽다(8월 11일 매장).

1597년 33세 때 스트래트퍼드 제일가는 저택을 60파운
　　　　드로 사들이다.

1598년 34세 때 벤 존슨의 희곡 무대에 출연하다.

1599년 35세 때 '글로브 극장' 개관. 글로브 극장 공동
　　　　경영자의 한 사람이 되다.

1601년 37세 때인 2월 7일 '글로브 극장'에서 <리처드 2

세> 싱연히다. 아버지 존 사망(9월 8일 매장).

1602년 38세 때 스트래트퍼드 가까운 교외의 107에이커
　　　를 320파운드로 사들이다.

1603년 39세 때인 5월 19일 ‘셰익스피어 극장’을 ‘국왕
　　　극장’이라 고쳐 부르다. <햄릿> 첫 공연되다.

1605년 41세 때 스트래트퍼드 및 그 부근 토지의 권리를
　　　440파운드에 사다.

1607년 43세 때인 6월 5일 맏딸 스잔나를 의사인 존 홀
　　　과 결혼시키다. 동생 에드먼드 런던에서 죽다.

1608년 44세 때 스잔나의 첫딸 엘리자베스 태어나다(2월
　　　3일 세례를 받다). 어머니 메리 사망(9월 5일 매장).

1609년 45세 때 ‘국왕 극장’이 실내 극장 ‘블랙 플라이어
　　　즈’를 흡수, 따라서 ‘글로브 극장’과 함께 두 개의 극장
　　　을 소유하게 되다.

1610년 46세 때 고향으로 돌아가 은퇴하다.

1612년 48세 때 동생 길버트 죽다.

1613년 49세 때인 3월 런던에 140파운드를 주고 집을 사
　　　다. 6월 29일 <헨리 8세> 공연 도중 글로브 극장이

화재로 타버리다. 동생 리처드 죽다.

1616년 52세 때인 2월 10일 둘째 딸 주디스가 토마스 퀴
  니와 결혼하다. 3월 15일 유서를 작성. 4월 23일 윌리
  엄 셰익스피어 세상을 떠나다. 4월 25일 묘지에 안장
  된다.

1623년 8월 6일, 아내 앤 해서웨이 죽다.

옮긴이 약력

경성대학 법문학부 영문과 졸업
동국대학교 교수

저 서
≪셰익스피어 문학론≫

역 서
≪셰익스피어 전집≫(전5권)
≪신역 셰익스피어 전집≫(전8권)

맥베스　　　　　　　　　　〈서문문고140〉

─────────────────────────────

개정판 인쇄 / 1996년 7월 10일
개정판 발행 / 1996년 7월 15일
글쓴이 / 셰익스피어
옮긴이 / 김 재 남
펴낸이 / 최 석 로
펴낸곳 / 서 문 당
주소 / 서울시 마포구 성산1동 20—12호
진화 / 322—4916~8 팩스 / 322—9154
등록일자 / 1973. 10. 10
등록번호 / 제13-16

─────────────────────────────

초판 발행 : 1972년 9월 15일 * 잘못된 책은 바꾸어 드립니다

서문문고 목록

001~303
◆ 번호 1의 단위는 국학
◆ 번호 홀수는 명저
◆ 번호 짝수는 문학

001 한국회화소사 / 이동주
002 헤세 단편집 / 헤세
003 고독한 산책자의 몽상 / 루소
004 멋진 신세계 / 헉슬리
005 20세기의 의미 / 보울딩
006 가난한 사람들 / 도스토예프스키
007 실존철학이란 무엇인가/ 볼노브
008 주홍글씨 / 호돈
009 영문학사 / 에반스
010 쯔바이크 단편집 / 쯔바이크
011 한국 사상사 / 박종홍
012 플로베르 단편집 / 플로베르
013 엘리어트 문학론 / 엘리어트
014 모옴 단편집 / 서머셋 모옴
015 몽테뉴수상록 / 몽테뉴
016 헤밍웨이 단편집 / E. 헤밍웨이
017 나의 세계관 /아인스타인
018 춘희 / 뒤마피스
019 불교의 진리 / 버트
020 뷔뷔 드 몽빠르나스 /루이 필립
021 한국의 신화 / 이어령
022 몰리에르 희곡집 / 몰리에르
023 새로운 사회 / 카아
024 체호프 단편집 / 체호프
025 서구의 정신 / 시그프리드
026 대학 시절 / 슈토롬
027 태초에 행동이 있었다 / 모로아
028 젊은 미망인 / 쉬니츨러
029 미국 문학사 / 스필러
030 타이스 / 아나톨프랑스
031 한국의 민담 / 임동권
032 비계 덩어리 / 모파상
033 은자의 황혼 / 페스탈로치

034 토마스만 단편집 / 토마스만
035 독서술 / 에밀파게
036 보물섬 / 스티븐슨
037 일본제국 흥망사 / 라이샤워
038 카프카 단편집 / 카프카
039 이십세기 철학 / 화이트
040 지성과 사랑 / 헤세
041 한국 장신구사 / 황호근
042 영혼의 푸른 상혼 / 사강
043 러셀과의 대화 / 러셀
044 사랑의 풍토 / 모로아
045 문학의 이해 / 이상섭
046 스탕달 단편집 / 스탕달
047 그리스. 로마신화 / 벌핀치
048 육체의 악마 / 라디게
049 베이컨 수상록 / 베이컨
050 미농레스코 / 아베프레보
051 한국 속담집 / 한국민속학회
052 정의의 사람들 / A. 까뮈
053 프랭클린 자서전 / 프랭클린
054 투르게네프단편집/투르게네프
055 삼국지 (1) / 김광주 역
056 삼국지 (2) / 김광주 역
057 삼국지 (3) / 김광주 역
058 삼국지 (4) / 김광주 역
059 삼국지 (5) / 김광주 역
060 삼국지 (6) / 김광주 역
061 한국 세시풍속 / 임동권
062 노천명 시집 / 노천명
063 인간의 이모저모/라 브뤼에르
064 소월 시집 / 김정식
065 서유기 (1) / 우현민 역
066 서유기 (2) / 우현민 역
067 서유기 (3) / 우현민 역
068 서유기 (4) / 우현민 역
069 서유기 (5) / 우현민 역
070 서유기 (6) / 우현민 역
071 한국 고대사회와 그 문화
　/이병도
072 피서지에서 생긴일 /슬론 윌슨

073 마하트마 간디전 / 로망롤랑
074 투명인간 / 웰즈
075 수호지 (1) / 김광주 역
076 수호지 (2) / 김광주 역
077 수호지 (3) / 김광주 역
078 수호지 (4) / 김광주 역
079 수호지 (5) / 김광주 역
080 수호지 (6) / 김광주 역
081 근대 한국 경제사 / 최호진
082 사랑은 죽음보다 / 모파상
083 퇴계의 생애와 학문 / 이상은
084 사랑의 승리 / 모옴
085 백범일지 / 김구
086 결혼의 생태 / 펄벅
087 서양 고사 일화 / 홍윤기
088 대위의 딸 / 푸시킨
089 독일사 (상) / 텐브록
090 독일사 (하) / 텐브록
091 한국의 수수께끼 / 최상수
092 결혼의 행복 / 톨스토이
093 율곡의 생애와 사상 / 이병도
094 나심 / 보들레르
095 에머슨 수상록 / 에머슨
096 소아나의 이단자 / 하우프트만
097 숲속의 생활 / 소로우
098 마을의 로미오와 줄리엣 / 켈러
099 참회록 / 톨스토이
100 한국 판소리 전집 /신재효,강한영
101 한국의 사상 / 최창규
102 결산 / 하인리히 빌
103 대학의 이념 / 야스퍼스
104 무덤없는 주검 / 사르트르
105 손자 병법 / 우현민 역주
106 바이런 시집 / 바이런
107 종교론.국민교육론 / 톨스토이
108 더러운 손 / 사르트르
109 신역 맹자 (상) / 이민수 역주
110 신역 맹자 (하) / 이민수 역주
111 한국 기술 교육사 / 이원호
112 가시 돋힌 백합/ 어스킨콜드웰

113 나의 연극 교실 / 김경옥
114 목녀의 로맨스 / 하디
115 세계발행금지도서100선
      / 안춘근
116 춘향전 / 이민수 역주
117 형이상학이란 무엇인가
      / 하이데거
118 어머니의 비밀 / 모파상
119 프랑스 문학의 이해 / 송면
120 사랑의 핵심 / 그린
121 한국 근대문학 사상 / 김윤식
122 어느 여인의 경우 / 콜드웰
123 현대문학의 지표 외/ 사르트르
124 무서운 아이들 / 장콕토
125 대학·중용 / 권태익
126 사씨 남정기 / 김만중
127 행복은 지금도 가능한가
      / B. 러셀
128 검찰관 / 고골리
129 현대 중국 문학사 / 윤영춘
130 펄벅 단편 10선 / 펄벅
131 한국 화폐 소사 / 최호진
132 사형수 최후의 날 / 위고
133 사르트르 평전/ 프랑시스 장송
134 독일인의 사랑 / 막스 뮐러
135 사서삼경 입문 / 이민수
136 로미오와 줄리엣 /셰익스피어
137 햄릿 / 셰익스피어
138 오델로 / 셰익스피어
139 리어왕 / 셰익스피어
140 맥베스 / 셰익스피어
141 한국 고시조 500선/강한영 편
142 오색의 베일 /서머셋 모옴
143 인간 소송 / P.H. 시몽
144 불의 강 외 1편 / 모리악
145 논어 /남만성 역주
146 한여름밤의 꿈 / 셰익스피어
147 베니스의 상인 / 셰익스피어
148 태풍 / 셰익스피어
149 말괄량이 길들이기/셰익스피어

150 뜻대로 하셔요 / 셰익스피어
151 한국의 기후와 식생 / 차종환
152 공원묘지 / 이블린
153 중국 회화 소사 / 허영환
154 데미안 / 해세
155 신역 서경 / 이민수 역주
156 임어당 에세이선 / 임어당
157 신정치행태론 / D.E.버틀러
158 영국사 (상) / 모로아
159 영국사 (중) / 모로아
160 영국사 (하) / 모로아
161 한국의 괴기담 / 박용구
162 윤손 단편 선집 / 윤손
163 권력론 / 러셀
164 군도 / 실러
165 신역 주역 / 이기석
166 한국 한문소설선 / 이민수 역주
167 동의수세보원 / 이제마
168 좁은 문 / A. 지드
169 미국의 도전 (상) / 시라이버
170 미국의 도전 (하) / 시라이버
171 한국의 지혜 / 김덕형
172 감정의 혼란 / 쯔바이크
173 동학 백년사 / B. 윔스
174 성 도밍고성의 약혼 /클라이스트
175 신역 시경 (상) / 신석초
176 신역 시경 (하) / 신석초
177 베를렌느 시집 / 베를렌느
178 미시시피씨의 결혼 / 뒤렌마트
179 인간이란 무엇인가 / 프랭클
180 구운몽 / 김만중
181 한국 고시조사 / 박을수
182 어른을 위한 동화집 / 김요섭
183 한국 위기(圍棋)사 / 김용국
184 숲속의 오솔길 / A.시티프터
185 미학사 / 에밀 우티쯔
186 한중록 / 혜경궁 홍씨
187 이백 시선집 / 신석초
188 민중들 반란을 연습하다
    / 귄터 그라스
189 축혼가 (상) / 샤르돈느
190 축혼가 (하) / 샤르돈느
191 한국독립운동지혈사(상)
    / 박은식
192 한국독립운동지혈사(하)
    / 박은식
193 항일 민족시집/안중근와 50인
194 대한민국 임시정부사 /이강훈
195 항일운동가의 일기/장지연 외
196 독립운동가 30인전 / 이민수
197 무장 독립 운동사 / 이강훈
198 일제하의 명논설집/안창호 외
199 항일선언·창의문집 / 김구 외
200 한말 우국 명상소문집/최창규
201 한국 개항사 / 김용욱
202 전원 교향악 외 / A. 지드
203 직업으로서의 학문 외
    / M. 베버
204 나도향 단편선 / 나빈
205 윤봉길 전 / 이민수
206 다니엘라 (외) / L. 린저
207 이성과 실존 / 야스퍼스
208 노인과 바다 / E. 헤밍웨이
209 골짜기의 백합 (상) / 발자크
210 골짜기의 백합 (하) / 발자크
211 한국 민속약 / 이선우
212 젊은 베르테르의 슬픔 / 괴테
213 한문 해석 입문 / 김종권
214 상록수 / 심훈
215 채근담 강의 / 홍응명
216 하디 단편선집 / T. 하디
217 이상 시전집 / 김해경
218 고요한물방아간이야기
    / H. 주더만
219 제주도 신화 / 현용준
220 제주도 전설 / 현용준
221 한국 현대사의 이해 / 이현희
222 부와 빈 / E. 헤밍웨이
223 막스 베버 / 황산덕
224 적도 / 현진건

225 민족주의와 국제체제 / 힌슬리
226 이상 단편집 / 김해경
227 삼략신강 / 강무학 역주
228 굿바이 미스터 칩스 (외) / 힐튼
229 도연명 시전집 (상) /우현민 역주
230 도연명 시전집 (하) /우현민 역주
231 한국 현대 문학사 (상) / 전규태
232 한국 현대 문학사 (하) / 전규태
233 말테의 수기 / R.H. 릴케
234 박경리 단편선 / 박경리
235 대학과 학문 / 최호진
236 김유정 단편선 / 김유정
237 고려 인물 열전 / 이민수 역주
238 에밀리 디킨슨 시선 / 디킨슨
239 역사와 문명 / 스트로스
240 인형의 집 / 입센
241 한국 골동 입문 / 유병서
242 토마스 울프 단편선/ 토마스 울프
243 철학자들과의 대화 / 김준섭
244 파리시절의 릴케 / 버틀러
245 변증법이란 무엇인가 / 하이스
246 한용운 시전집 / 한용운
247 중론송 / 나아가르쥬나
248 알퐁스도데 단편선 / 알퐁스 도데
249 엘리트와 사회 / 보트모어
250 O. 헨리 단편선 / O. 헨리
251 한국 고전문학사 / 전규태
252 정을병 단편집 / 정을병
253 악의 꽃들 / 보들레르
254 포우 걸작 단편선 / 포우
255 양명학이란 무엇인가 / 이민수
256 이육사 시문집 / 이원록
257 고시 십구수 연구 / 이계주
258 안도라 / 막스프리시
259 병자남한일기 / 나만갑
260 행복을 찾아서 / 파울 하이제
261 한국의 효사상 / 김익수
262 갈매기 죠나단 / 리처드 바크
263 세계의 사진사 / 버먼트 뉴홀
264 환영(幻影) / 리처드 바크

265 농업 문화의 기원 / C. 사우어
266 젊은 처녀들 / 몽테를랑
267 국가론 / 스피노자
268 임진록 / 김기동 편
269 근사록 (상) / 주희
270 근사록 (하) / 주희
271 (속)한국근대문학사상/ 김윤식
272 로렌스 단편선 / 로렌스
273 노천명 수필집 / 노천명
274 콜롱바 / 메리메
275 한국의 연정담 /박용구 편저
276 삼현학 / 황산덕
277 한국 명창 열전 / 박경수
278 메리메 단편집 / 메리메
279 예언자 /칼릴 지브란
280 충무공 일화 / 성동호
281 한국 사회풍속야사 / 임종국
282 행복한 죽음 / A. 까뮈
283 소학 신강 (내편) / 김종권
284 소학 신강 (외편) / 김종권
285 홍루몽 (1) / 우현민 역
286 홍루몽 (2) / 우현민 역
287 홍루몽 (3) / 우현민 역
288 홍루몽 (4) / 우현민 역
289 홍루몽 (5) / 우현민 역
290 홍루몽 (6) / 우현민 역
291 현대 한국시의 이해 / 김해성
292 이효석 단편집 / 이효석
293 현진건 단편집 / 현진건
294 채만식 단편집 / 채만식
295 삼국사기 (1) / 김종권 역
296 삼국사기 (2) / 김종권 역
297 삼국사기 (3) / 김종권 역
298 삼국사기 (4) / 김종권 역
299 삼국사기 (5) / 김종권 역
300 삼국사기 (6) / 김종권 역
301 민화란 무엇인가 / 임두빈 저
302 건초더미 속의 사랑 / 로렌스
303 야스퍼스의 철학 사상
    / C.F. 월레프